我和学生

我和学生

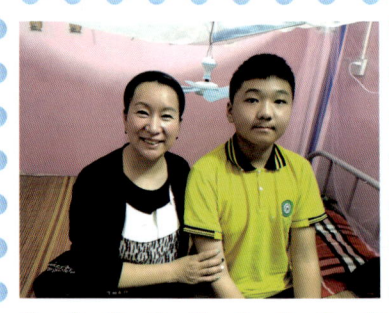

我和学生

我和学生

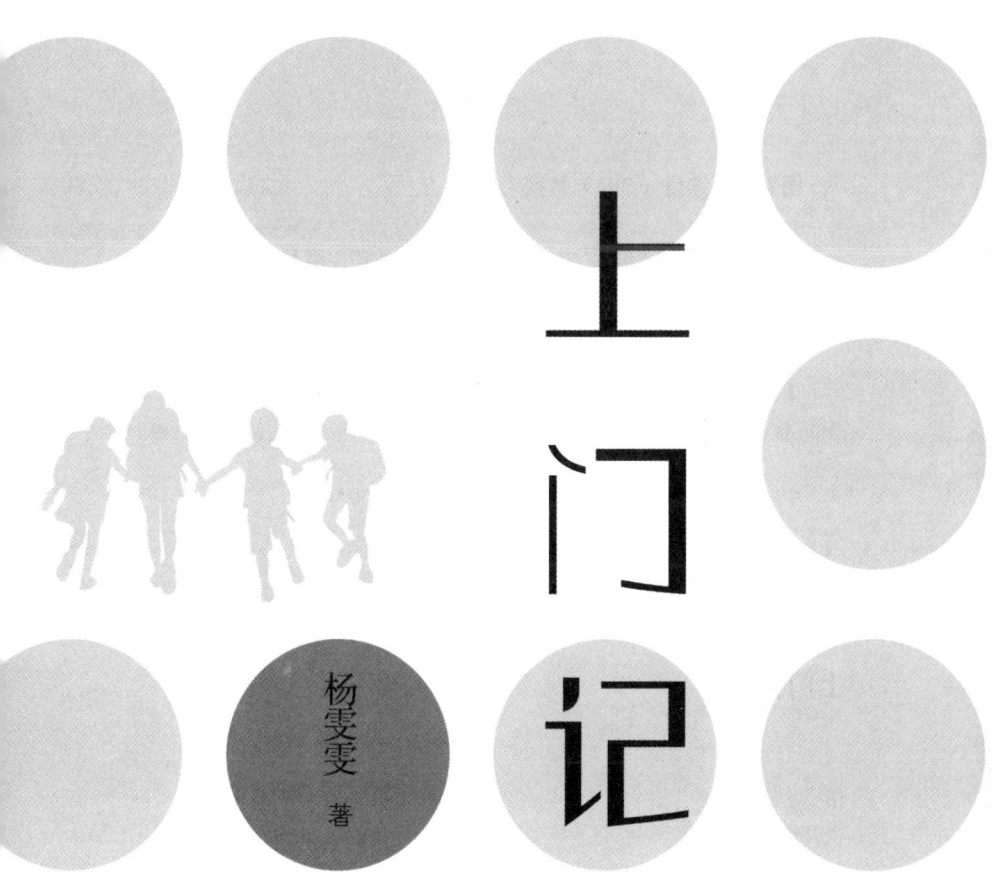

上门记

杨雯雯 著

北方文艺出版社

图书在版编目（CIP）数据

上门记 / 杨雯雯著. -- 哈尔滨：北方文艺出版社，2023.12
ISBN 978-7-5317-6044-3

Ⅰ. ①上… Ⅱ. ①杨… Ⅲ. ①随笔－作品集－中国－当代 Ⅳ. ①I267.1

中国国家版本馆CIP数据核字(2023)第180850号

上门记
SHANGMEN JI

作　　者/杨雯雯
责任编辑/王　爽　　　　　　　　特约编辑/陈长明
装帧设计/汲文天下

出版发行/北方文艺出版社　　　　邮　编/150008
发行电话/（0451）86825533　　　经　销/新华书店
地　　址/哈尔滨市南岗区宣庆小区1号楼　　网　址/www.bfwy.com

印　　刷/北京金特印刷有限公司　　开　本/880×1230　1/32
字　　数/174千字　　　　　　　　印　张/7.875
版　　次/2023年12月第1版　　　　印　次/2023年12月第1次印刷

书　　号/ISBN978-7-5317-6044-3　　定　价/79.00元

东莞市樟木头镇中心小学(杨雯雯摄影)

谨以此书献给

母亲王玉容女士

一位普通的人民教师、善良的妻子、可敬的母亲

目录

舒服的课堂和小桓同学 / 1
"一样"和"不一样" / 9
阿锦家的地下茶室 / 11
家有"虎妈" / 13
我是小小的大人了 / 16
你去哪边的家 / 21
既像家访,又不像家访 / 26
我家很远,你不开车? / 30
"国民女婿"养成记 / 35
"大小姐"是普通人 / 39
无敌是多么寂寞 / 44
怕出错的男孩子 / 50
骑着"小电驴"去家访 / 55
暖炉记 / 60
这么小,不能"佛系"啊 / 65
你长大了想干什么 / 70
以为是青铜,原来是王者 / 76

爱花的爸爸 / 81

敬老院男孩——小恒 / 87

"小妇人" / 90

班有"小黄蓉" / 95

我是姐姐 / 100

温和父亲和蝴蝶女孩 / 104

心中有个广阔的世界 / 108

会长的女儿阿晴 / 113

"拉布拉多"和"比特犬" / 118

搬新家的曹小聪 / 122

小庄掉发记 / 126

阿因爸的"我"教育 / 130

小婧和她的妹妹、弟弟 / 134

第一次见到他们 / 139

你知道我为什么要请假吗 / 141

你的压力我挂心 / 143

有没有一门这样的课程 / 144

让"下一次"立刻发生 / 146

班上谁最好看 / 149
好看不是最重要的 / 152
后来我是一名科学家 / 154
课代表的烦恼 / 156
李白的"粉丝" / 161
小冉同学毫无芥蒂 / 163
生命只有一次 / 167
拍照给校长看 / 170
我上台会讲得更好 / 173
争吵记 / 175
到底是孩子 / 178
做有素质的中国人 / 180
冰激凌和"满料大包" / 183
一点感触 / 185
不看不知道，一看吓一跳 / 188
开学第一天 / 190
小芝的吉利好词 / 194
今天就选"遮住脸"的哟 / 195

上门记

嬉笑的小桓和流泪的小烁 / 197

既然是"大人"了 / 202

最讨厌的是语文 / 205

舒杨老师的从教感言 / 207

啊,这洱海边的月亮 / 211

向艾青的《绿》致敬 / 213

来一场关于"婚恋观"的教育 / 216

什么叫"过犹不及" / 219

没有灵魂的"答案" / 221

一点点心酸 / 223

小孩"论理想" / 224

四月的阳光 / 225

人生中美好的事情 / 228

理发师谈"教育" / 230

我的"好朋友" / 234

践行陶行知教育观——"即知即传" / 236

舒服的课堂和小桓同学

讲《北京的春节》，没有讲什么具体的内容，但是不急不缓的节奏和我笑眯眯的眼神，让师生之间的感情非常融洽。

说到我们的班级群，名字叫"六6语文，人人超群"，我就问："新的一年，有没有人觉得这个口号可以换一换？"

"六6语文是最棒的！"机灵的阿骞急忙喊出声。

我没有瞪他，而是笑着说："大家同意吗？"

"不——同——意！"大家笑着齐喊。

我用粉笔在"文"和"群"下加个点儿："看，这两个音怎么样？"

"押韵！"

"是的，所以我们也要押韵！谁再想一想？"

小芝眼珠子骨碌一转，轻咬着嘴唇说："六6语文，大展宏图！"我笑着摇摇头。

她自己略想了一下，不服输地说："六6语文，大展鹏程！"我点点头，说："我们就暂时换成这个吧，等你们想到更好的再换掉。"同学们都表示赞同，小芝轻松地笑了。她呀，小心思我懂，敏感、善良、自尊心强，生怕被误解。上个学期她和我的相处出了一点儿问题，既是她过于敏感，也是我的不善于调节情绪，导致关系渐渐变僵。说实话，这么优秀的孩子，还是耐心点儿对待她吧！毕竟她不是普通的小草。

上门记

想每天约一个同学出来谈心，略想了一下，第一个约谁呢？总不能是个闷葫芦，好，就那个爱说爱笑的小桓吧。

他的变化很大，四年级时沉默寡言，到了六年级脱胎换骨似的，每天上课举手最积极，而且处处闪着思维的火花，语言表达能力也特别强；唯一的缺点就是编写童话故事的时候，他把童话故事写成了爱情故事，其中涉及的爱情哲理让我忍俊不禁又有点儿好奇：这娃娃，怎么有点儿早熟呢？在这里摘抄一段给你们看吧——

"从电视上看到吵架和'秀恩爱'，吵架的人总是眉头紧锁，还配上一个公鸭般的粗嗓子，到了最后，感情无非就是支离破碎；'秀恩爱'的总是亲亲热热，同撑一把伞，同吃一根冰棍，桃花到来时，无论怎么样都似乎能接受，而当爱的蜡烛燃完，就各种嫌弃，结局只能是分手……"

请他到办公室，他一脸蒙，我淡淡地说："来，你先坐到沙发上，舒杨老师去洗苹果，你想想自己的学习、家庭、生活等，等会儿老师和你谈谈心。"

十分钟过去了，我坐在座位上，请他过来。"老师想跟你谈谈心，你有几个兄弟姐妹，在家里排行第几？""有哥哥、姐姐，我最小。"看得出来，这个问题有点儿简单，他轻松了不少。

我想了一下，继续提问，打开他的话匣子。

"哥哥读高二，在××中学，成绩很好，品质也很好。他喜欢打篮球，偶尔打游戏，不怎么喜欢阅读。姐姐读初三，在这里的中学。姐姐和哥哥都对我很好。"

"爸爸、妈妈呢？"

"爸爸在深圳工作，每周回来一次，他好像是修路灯的。哦，不，好像是做工程的。妈妈在这里的一个小工厂上班，她有点儿辛苦。"

"哦，他们的关系还好吧？"我拉住他的手，语气平淡。

"不太好，吵架，偶尔会吵得很厉害。"他故作轻松地说。

"为什么吵？你觉得是谁的错呢？"

"爸爸吧，他总是不在家，回来妈妈就唠叨他，他就很不耐烦，最生气的时候会砸东西。"他左望望右瞟瞟，似乎在回忆着。

"哦，父母吵架时你会难受吧？"我想了一下说。

"不会，我习惯了，做自己的事就好了。"他做了个似笑非笑的表情。

我知道这是骗人的，哪个孩子会不难过呢，也许是无奈罢了。我想了想，说："等会儿老师去你家里家访，你觉得好吗？"

"啊！"他惊讶得声音提高了八度，"你、你去我家？我妈妈不会那么快回来的！我一个人在家。"

"没事啊，我就陪你走走，看看你的生活。"

他低头不说话。

"是害怕我去吗？那……我就不去了吧。"

"不是！我是坐公交车回家，老师，你跟我一起回吗？"他抬起头看着我。

我笑了，说："怎么不行，放学后来办公室带老师一起回你家看看吧。"

放学了，他果然在办公室门外等我。

我要到1号门打卡，1号门前有面"正冠镜"，他跑到镜子前，有模有样地照起来，拿手把头发抹平，衣服扯得平整一点儿。我打完卡，看见他那么在乎外貌就笑了："哟，还挺在乎自己的形象！"

"不是啦，老师，这里有全身镜，平时我都走2号门，第一次见到1号门的全身镜呢。"行，如果是这原因，倒也可以理解。

校门外是一排排零食饮料店，每家店的门口挤个水泄不通，有的孩子伸着手递钱，叫嚷着："给我拿……给！钱！"有的孩子一手一根烤肉肠，津津有味地大嚼着，嘴角流油……我第一次见到这种人挤人的景象，吓了一大跳，忙躲闪着这些贪吃的小老虎，顺便问了一句："小桓，你会买零食吗？"

"没有。"

"为什么不买？"

"没钱！"

"不是过年有压岁钱吗？"

"都给妈妈了，补贴家里用掉了，我现在能供自己支配的钱是37.5元，不过我不打算花。"

公交车来了，一帮小学生哄地挤上去，我和小桓差不多最后上了车。没有座位，他用手抓住两个吊环，腾出一个吊环，望着我说："老师，过来，这里抓得稳。"

"好吧，谢谢！"

公交车上人还挺多，没有空出的位置。他个子矮，差不多1.4米，努力地抓着吊环，却担心我："老师，你站稳，别摔了。"我朝他笑笑。

大约15分钟后，从车上下来，他怪不好意思地说："还要走路，老师。"

"没事，你带路吧。"

我们走进小巷，两旁都是居民区，七弯八拐走了约500米，我累得气喘吁吁,问:"快到了吧?"

"早着呢,还没走到一半。"他健步如飞。

"啊?刚走到一半?这么远啊!"

他笑笑,不回答我。

走过一家仓库,里面许多工人光着膀子在搬运黄袋子,我问:"这是什么?大米?"

"塑胶仓库啊,这是塑胶粒。"他极其老练地说。

路过一个转角,他告诉我:"老师,这里有棵桑葚树,你看!这里还有几颗桑葚,我偶尔……会去偷吃。"

我抬头一看,确实是棵高大的桑葚树,从别家院子的栏杆处伸出来,上面还残存着几颗黑色的大桑葚。可是紧挨着就是一个高压变电器,虽然围了起来,但电线纠缠的样子着实让我害怕。我连忙说:"小桓,这里有高压电,你不要靠近,太危险了!"

"这么危险吗?我哥哥只告诉我,不能爬上去。"他惊讶地看着高压变电器,像第一次认识它。

我们继续走啊走,走上了人行天桥,他指着车水马龙的桥下说:"老师,你看到路上横过来的高高的挡杆了吗?"

"怎么了?"我心想,这不是随处可见吗?

他认真地讲解:"这里经常有货柜车被卡住,他们不知道它有多高,硬要闯过去,就被困在这里,要等警察过来帮忙呢。"

"这么严重啊,那要把挡杆抬起来,车才能过去吧。"我停下脚步,靠着桥的栏杆,望着脚下的马路。

"是啊!经常会这样呢,那些货柜车不知道自己到底有多高,高估了自己,所以就被卡住了。"我努力地想象着当时的情景,忍不住笑了,他看我那么感兴趣,话匣子又打开了。

上门记

人行天桥的侧面有十级左右既狭窄又陡直的水泥梯，他噔噔噔就下去了，我说："慢点儿！这里太窄了。"我慢慢弯下腰，一步步走了下来。

接着就穿过桥洞，桥洞像隧道一样，两头是光亮的洞口。他和我出了桥洞，对我说："下雨的时候，桥洞口会有许多水帘，像小瀑布一样。"我努力地想象着"小瀑布"的情景，不怎么想得到，毕竟今天是个晴天。

他带着我继续往前走，大约走了200米，我们上了斜坡，来到了一家汽修厂前，他指着身后的桥洞，喃喃地说："这上面可以过火车，有时候是动车，有时候是绿皮火车。"

"你看见过吗？"

"当然，经常有火车通过。"

正说着，一阵有规律的声音由远及近，"看！绿皮火车！"他指着刚刚出现在我们视野里的火车头，高兴地说。果然，我心想，还真的让我们看到了火车。

他一边走着，一边踢脚下的石子，石子滚到了前方，他就紧走几步，继续往前踢。他似乎觉察到了我怜爱的眼光，颇尴尬地笑笑说："有时候一个人走很无聊，就踢踢石头玩。"

可怜的小家伙，我想，老师小时候也是这样一个人走路，也像你这样会不停地踢石头玩……正因为有这些独处和观察的时光，才养成了一颗敏感孤独的心。

从汽修厂转弯，就到了一处密集居民区。"老师！你看上面有红灯的那家，那就是我家！"他指着其中一个窗口。

"为什么有红灯？"

"是神台，供奉着菩萨、娘娘。"他高兴地数着家里供奉的

神仙。

我们上了楼,是楼梯房。"你家住几楼?"我问道。

"三楼,哈哈,不过四楼及以上都没有人住了。"他走得快,每到楼梯的最上一级,他都要停下来,转头望着我,等我。好不容易到了三楼,他用自己的钥匙打开门,把我请进家门。

就在他打开家门的一刹那,我惊呆了,屋里满是杂物,餐桌上摆着一些没有洗的碗碟,碟子里有一整架鱼骨头;圆桌上也堆满了杂物,客厅里还有个电脑,一张小小的茶几,茶几上污渍斑斑,连一张木质硬沙发上也堆满了衣服。阳台很小,挂满了衣服。家里5口人,有两间房子除了床再也摆不下别的物件。甚至大卧房里还要摆两张床,读初三的姐姐和父母一间卧室,他不好意思地说:"老师,姐姐寄宿,不常回家,爸爸也很少回家,所以这间房基本上只有妈妈一个人在住。咦,老师,你家比我家好吧?"

"嗯,怎么说呢,平时我住在学校,年前搬了家,共三层。"

"哇,你好有钱啊!"他羡慕地说。

"不,老师47岁了,等你到47岁,努力工作,会住上大房子的!"

他笑了,问我喝不喝茶,我摇摇头。他想了一下,进自己和哥哥的卧室拿了一瓶矿泉水,硬要塞给我:"给,老师,你喝这个!"

"我不渴,你放下吧。"正在时候,有朋友发来信息,我忙着回复。

他又拿来一个好看的橘子,说:"吃橘子,这个橘子很甜。"我笑了。他开始做饭菜,一会儿在厨房洗锅,一会儿在厕所洗菜,厕所也挂满了衣服,两边是水池,便池在厕所的里面,所以靠门的水池是可以洗菜的。

他说："老师，你饿了吧？我饿了，准备煮饭吃了，你留下来吃饭！""嗞——"他洒下油，开始打鸡蛋、翻炒，动作极其熟练。

我诧异了："你这么厉害，自己做饭吃？"

"嗯，妈妈等会儿回来就可以吃我做的饭菜了。"

"你经常做吗？"

"经常，不过妈妈要是回来得早，她就会做给我吃。"他像个大男人一样，慷慨地说，"我做饭给你吃，老师留下吃饭。"

"不了，老师要回去，还得做饭给女儿吃。"

"你女儿？她不是很大了吗？"

"是啊，是啊，她很大了……"我被问住了，一时思维有点儿卡住了。

"听说她是从英国回来的留学生！"他一边炒菜一边说。

我讪讪地走出厨房。他很快就炒好了菜，此时，妈妈也回家了，他把妈妈的饭盛好，夹上鸡蛋覆盖着，对妈妈说："妈妈，吃饭吧，我做好了。"后来他妈妈跟我谈了几分钟，我起身要走，她硬要送我回家，我拦住了她，她就送我下了楼。

回来的路上，我有点儿激动，心想：小桓确实是个家境不太好的孩子，但是谁又有他富有呢？他是每天的生活的观察者，每天坚持走路半小时回家的独立者，每天的劳动者，每天的思考者……加油，小桓，老师愿你的笑容永远灿烂无邪。

"一样"和"不一样"

应该进行第二次家访了！这个学期已过半，再不紧锣密鼓进行家访，估计开学初对学生大言不惭的保证——家家都去一次，就要落空了。于是，无论如何都打算去家访了。去谁家呢？我正在思考，不如……不如来个抽签，让他们激动激动。看他们心潮波澜起伏，为师也觉得很有乐趣呢。

让他们把名字都写在纸条上，然后放在一个纸盒子里，我随便拿一张，煞有介事，弄得场面好不紧张。甚至有学生发出惊呼："呀！天哪！"

我抽到一张，几个学生哄地围上来，就在我将要打开这个纸阄的时候，小沁笑盈盈地说："老师啊老师，我怎么觉得你特别好看？"

"啊？你说啥？"我诧异地望着她，顾不得打开纸阄，"哈哈，你说我今天好看？"

"是呀，你看你今天多么好看！"她咂咂嘴，仿佛在肯定自己的看法，"所以，好看的你手气一定要好啊！千万莫抽到我！"

什么嘛，这个家伙，无事献殷勤，果然心里有鬼。她原来表面夸我，实则害怕抽签抽到她的头上，去她家家访呢。

"阿锦！"这手气，也真好，因为阿锦多次跟我申请，让我

上门记

去他家家访,他倒是个挺热情不见外的孩子。

因为阿锦和小烁住一个小区,就这样,我一并去了两家。

阿锦家的地下茶室

他俩坐校车回家。说来也有趣,坐校车的时候,司机是认识我的,看见了我,惊讶极了,忙给我找座位。我说:"不要打扰你的工作,我是去家访的。"他却还是那么紧张,估计平时没有老师坐这个车吧。跟车的阿姨看起来显然很紧张,一下都不肯坐,走来走去,一会儿制止这个孩子打架,一会儿叮嘱那个孩子要坐好,态度极其温和。我想笑,但又装着平静。这还真有点儿"微服私访"的感觉。

很快到了小区,我首先跟着阿锦回家,没有来他家之前就听说他家条件很好,家境优越,父母都是开公司的。家里有个小弟弟,小弟弟倒是不见外,竟然要我抱。他妈妈肯定是很惊讶的,因为没有接到通知嘛。我路上催阿锦打手表电话给妈妈,告诉她,我就要到家了。阿锦也不知道是怎么了,听着我催,也不打,一副自有主张的样子。

阿锦的妈妈能说会道,到底是开公司的,她让阿锦去带弟弟,她陪我喝茶聊天。坐了大约半小时,她一直在茶室接待我,并没有带我上楼去看看。阿锦家的车库是连着茶室的,所以讲起来也就是在地下室里待了半小时,哈哈。

"我这个孩子,什么都好,就是学习不太上心,也许是还没有开窍呢。"

上门记

"嗯,的确是这样。"想想阿锦带我一路走过来,主动给我拿水的样子,我点点头,"他很有礼貌。"

"但是学习成绩不太好,尤其是数学不太好。"妈妈忧心忡忡,"听说只有三成的人有机会读高中,我这还傻乐傻乐的儿子怎么办呢?"

"没事的,他确实是无忧无虑的,天真无邪。"我笑着说。

"小烁就比他好多了!"阿锦妈妈继续念叨。

我喝了一口茶,说:"不一定呢,小烁是懂事,但他心里累;阿锦傻乎乎,但是他快乐无忧,都好。"

阿锦妈妈笑了,一双大眼睛扑闪扑闪的,挺好看。

"老师,等会儿你家访完了小烁家,我请你出去吃个饭吧!"她真诚地邀请。

"不了,我真的不是来吃饭的,已经很打扰了,聊聊就好。"我忙推辞,也确实是这么想。

家有"虎妈"

阿锦要去小烁家做作业和吃晚饭,于是我跟着阿锦穿过草坪,往小烁家走去。路上,阿锦说:"我不怕妈妈,很怕爸爸。"

"为啥?老师可没见过你爸爸呢。"

"爸爸会回来,脾气可急躁了,他像爷爷。"阿锦又开始了他的"倾吐模式"。

我也想多跟他们唠嗑:"是吗?你爷爷脾气也不好吗?"

"是的!他和奶奶为了带我弟弟,还吵架,甚至打坏了锅,现在都回老家去了!"阿锦尽量轻描淡写地说着。当然,能听出他并不轻松。

"唉!"我却轻轻地叹了口气。所有小孩子的问题,到头来都是大人的问题,我想起了家婆家公,也想起了自己父母,想起了两个完全不同的家庭,农家苦娃子的他和小资家庭的我磨合的经历。如今,我的孩子会不会也在外面提起我们的家庭教育呢?希望以后新婚夫妇都学习"家庭关系建构课程",男女双方必须学,如果不学就不要组建家庭,这样能减少多少后遗症啊。

说远了,到了小烁家,又是另外一番光景。

小烁家是平层,家里没有装修,屋顶的墙壁也有点脱落了。看得出来,当初交房子的时候什么样就是什么样。一进门看到客厅里一个大大的鱼缸,占了房子的三分之一。我诧异地问:"哟,养鱼啊，养了多少鱼呢？"我凑过去看。

"老师！这是别人家准备丢弃的，被我捡来的。"小烁妈妈看上去朴素大方、做事稳重，说话也是直截了当。短发，浓眉大眼，皮肤黝黑，乍一看是标准的家庭主妇，仔细一看，五官端庄秀丽，难怪小烁是班上的小帅哥，人见人爱。

她要留我吃饭，我执意不肯，于是她陪我坐着喝茶，削了一盘苹果。

看到一块大黑板，上面写着小烁和他妹妹的课程，有武术、舞蹈等，我问："谁学武术？""老师！是我。"小烁说。

"厉害，那表演一段可好？"我饶有兴趣。

"不，嘿嘿。"他倒是挺干脆地拒绝了我。也行，我这个人，最大的优点就是能包容各种性格的孩子。

小烁妈妈告诉我，她辞了工作，全职带两个孩子，孩子爸爸周末才回来，是个闷葫芦，家里的事平日都是她张罗着。她很严格，而爸爸则很疼爱孩子们，从来都不打骂他们。

我知道小烁是个爱交往的人，朋友特别多，而且很有责任感，希望尽自己的努力，让身边的朋友都喜欢他。但任何事情都有两面性。于是，我笑着对他说："小烁，老师知道你特别爱交朋友，也很照顾别人的情绪，希望得到身边人的认可。"他竖着耳朵听着，我停了一下，继续说，"但是，这样也有不太好的一面，就是你静不下心来学习，这还不是最重要的，最重要的事情就是很容易受身边人的影响。如果朋友好，对你来说当然好；如果交往的朋友不善，你就会受到影响。"

"所以……老师希望你无论将来在哪里，和谁在一起，都要记得保持自己内心的纯正，知道哪些是可以做的，哪些是不能碰的，这样就会过得很好，就会有个美好的前程。"

他若有所思地点点头。

孩子，毕竟你才12岁，以后的路长着呢，"东边日出西边雨，道是无晴却有晴。"将来的路，也许一马平川，也许你会遇到困难，不管怎样，老师都希望难处有转机，乌云散后是金色阳光，因为你现在是这么可爱！

阿锦和小烁，你们俩现在是好朋友、好兄弟，但是长大了会不会仍是好伙伴呢？也许是，也许不是。家境不同，家庭教育不同，将来的人生道路也会不同。今天的家访，让我感受到了两家的相同，都讲礼貌、重视孩子，但是感受到了一些很大的不同，到底是什么呢？嘿嘿，秘密。

上门记

我是小小的大人了

"咦,是小冉,你的老师陪同你回家,做你的守护者,高兴吗?"陈老师知道我的"陪孩子放学回家"计划,看到我领着一个瘦小的孩子,就故意跟孩子打趣。

"是,也不是!"小冉边走边说,头也不回。

"是什么,不是什么?"我好奇地问。

"不是,因为我独自回家已经两年了,早就习惯了;是,因为这样做,我感到很新奇,老师陪我回家。"他的思路挺清晰。

小冉同学是走路回家,据他说,要走 15 分钟,于是我陪同他一起走路。

路上车多,我发现他过马路的时候,很小心地等所有车辆都过去了,才横穿马路。其实,前方来的汽车,离斑马线还有差不多 100 米,他倒是挺小心的,跟平日学习马虎、上课走神的形象有点不符合。我想,"陪孩子放学回家"这个计划不错,能让我看到孩子比较全面的形象。

"小冉,你为什么不坐车回家?"

"我要攒钱。"

"攒钱?"

"是呀,我想攒钱到研学那天,就可以买喜欢的礼物。"

"你想买什么?"

"嗯……没有想好,但是肯定需要花50元钱,所以我要攒钱。每天攒两元。"

我啼笑皆非。

他边走边回头看我,因为我走得慢。

我发现他走路非常快,我要小跑才能跟得上。这个孩子,一看就是经常走路回家,太熟悉路了。

前方有一个水洼,这段时间总下雨,里面有积水。他挑选着干旱的地方,踮起脚尖走过去,然后转头等我:"老师,你小心,不要打湿鞋子。"

"哦,没关系,谢谢你,真细心。"

"是因为我只有这一双鞋子!妈妈跟我说,绝对不能打湿了,不然就没有鞋子穿了。"

走了大约20分钟,到了他居住的花园门口,然后爬上一个长长的、陡直的大坡。

"呀,你们家这么远啊?"

"是呀,我每天都是这么走的!不难走啊。"

"小冉,你是四川的?会讲四川话吗?"

"我当然晓得讲!"他立刻就是一口标准的重庆话,转头笑嘻嘻地看着我。

啊,这家伙,平时都是淘气的祖师爷,原来有这么可爱的一面。

"你父母是做什么的?"我随口问问,想了解关于他的更多情况。

"我家啊,父母都是做安保的,就是监控啊。两年前在华强北开店子,后来生意不好了,就不开了,妈妈就自己在家里跟单。"他讲得头头是道,"老师,不过这段时间生意不怎么好,唉,生

17

上门记

意难做。爸爸就去工地做事了,妈妈在家里发点货,她不是单卖,你懂吗?"

我摇摇头。

"妈妈是批发的,一次性卖出去500个,给别人赚点中间费,自己呢,一个只赚几毛钱。就这样,可是最近生意还不好。"他叹了口气,有着一般小孩子没有的成熟。

到了他家,他妈妈开门,很诧异地看着我,把我迎进了家。

小冉一进家门就往卧室走,偷偷插一句,我在班上说过,舒杨老师去家访,会看看孩子的卧室或书房,看看孩子的房间是不是很乱。这孩子,肯定是记在心里了,生怕我去检查的时候发现脏乱。

"老师,坐!我这孩子,别的都好,是个好孩子。我生病了,刚好,他既给我倒水、端药,又给我做饭吃,很暖心。"妈妈说。

她脸色不太好,蜡黄蜡黄的,看样子也确实是刚刚康复。

小冉走出来,拿着练习作业,弓着背,表面是看作业,实际是听我们说话。

"老师,他的语文不太好,退步了。"

"是啊,他这个学期语文退步太多了,上课基本不听讲,也看不到爱表演、爱上台回答问题的姿态了。"

"听说你想上市里最好的中学,你说你正在努力中,可是老师怎么没有看到呢?"我摸摸他的背,语重心长地说,"人一定要知行合一,认知是够的,你知道要读最好的中学,才能有好的求学生涯;可是你在行动上没有体现,上课不听讲,作业不好好写,三心二意,这不是知行合一,而是知行分裂,对吗?"

他点点头,望着我。

"你不喜欢老师叫你小豆芽,在作文《我的心愿》里表达了这种愿望。可是,老师可以做你的奶奶辈了,没有恶意,这是表示对你的疼爱,如果你不愿意,那以后就不叫了,好吗?"我真诚地说。

"老师,是他们都笑我……我……"他眼睛红了,接着说,"我很在意他们的嘲笑,怕他们笑话我,就不敢上台,更不敢发言,怕发言被他们笑,笑我的答案跟他们不一样。"

"不一样,不是挺好的吗?老师就喜欢你们有自己的个性,保持个性,你不觉得我很喜欢吗?"我转头对他妈妈说,"能够跟大家不一样,说明是有创造性的,我一向都欣赏这份不同。"

他妈妈也说:"是呀,我的宝宝,你在妈妈眼里是小天才,只要你肯,你的成绩肯定是全班第一。我对你很有信心。"

我有点诧异,但又觉得合情合理,谁在妈妈眼里不是最棒最强的那一个呢?

"妈妈,老师,我长得不好看,很自卑。"

"哪有?你很帅!妈妈觉得你长得最帅了。"妈妈立刻反驳他。

我笑了,说:"是的,你挺好看的,不必自卑。老师觉得你和我的孩子小时候一模一样呢,还把你的照片发给了我那个读大学的孩子看,她也说你和她小时候一模一样,难道你丑吗?"

我找到了女儿小时候剪短发、像男孩子的照片,他看后扑哧一声笑了。确实,小眼睛、小鼻子和小嘴巴,配上那小小的脸蛋,真是一个模子印出来的。

这个妈妈心中的"小天才",送我出小区时,明显自信多了。虽然个子小小的,又瘦又矮,但是也说不清为什么,他给我的感

上门记

觉是很老成了,似乎已经是个大人了。不,是个大大的男子汉。

所以,看孩子不能只看个子啊,他的心智已经很成熟了,以后我要对他更尊重一点,别再拿他开玩笑了。

如果问家访的好处在哪里,也许就是能让老师更深层次地了解学生吧。真的呼吁我们做老师的都去孩子家里走走,不要几个老师大张旗鼓地去,那不是家访,那是完成任务啊。

你去哪边的家

快下课了,我拿出"抽签宝盒",神秘兮兮地说:"今天跟谁一起回家呢?"哇,同学们的表情可真丰富!小柔用双手遮挡住嘴巴,眼睛瞪得铜铃大。阿珊也是,垂着眼睛不看我,很紧张的样子。我问:"你们到底是想让我去,还是不想让我去?"

"不想!"

"想!"

……

果然,人各有梦想。

从一堆名字里面抽出小纸条,举起来,打开,眼睛看着,我念出:"小——马——同——学!"

"哇!"教室里炸开了锅,小柔把手放下来,脸上露出轻松的笑。阿珊又抬头看我了。而小马同学呢,他又高又壮,坐在教室最后一排,兴奋地站起来,举起双手挥舞。

"有这么高兴吗,马同学?"我疑惑不解。

同学们接下来的话更是让我摸不着头脑:"啊!老师,你要去他妈妈家,还是去他爸爸家?"我以为听错了,但是立刻告诉自己,不要表现得很惊讶,免得吓到他们,然后把目光投向小马。

小马大大方方地点头,笑嘻嘻,摇晃着胖身子说:"是的!老师,我爸爸、妈妈是分开住的!看你去哪边。"

上门记

我示意同学们安静，淡淡地说："哦，这样啊，没什么，现在父母分开住很正常，他们都是成年人了。这不，舒杨老师偶尔也想和家人分开住，有时候挺累的。"同学们点头，几个男生更夸张地点头赞同。哦，这几个男生都是和小马玩得好的。小马虽然学习不太好，但是人缘特别好。

下课了，我拉着小马走到外面，轻轻问："他们分开住？"

他故作轻松："哦！那是因为他们的关系不太好，就分开啰。"又问，"老师，你放学后跟我去哪边？"

"这……"我迟疑了一下。

"去我妈妈家吧，爸爸要外出，你就别去了，好吗？"

"好的，听你的。"我一向很尊重他们。

放学的时候，小马来找："老师，爸爸骑电动车来接我了，他送我去妈妈那儿，在隔壁镇，你能去吗？"

"能啊，不过……你爸爸的电动车不能载两个人，老师开车载你？"

"好是好，不过要跟爸爸说。"

我跟着他来到校门口，他爸爸穿着一件枣红色的T恤，在人群中很好认。我让小马回避一下，我跟他爸爸交谈一会儿。

"老师，是的，我和他妈妈分开居住几年了。唉，大家都伤害了对方，不过，这事还是怪她多一点，强势，不肯待在家，对老人也尽孝不够，又舍不得钱……"爸爸倒是很坦诚，说话的时候，眼睛望着我，也不躲闪。

我偏过头去看小马，他刚才还挺兴奋，看我和他爸爸交谈，变得脸色沉郁，抿紧嘴巴，连同学走过去跟他打招呼，他都没有

反应。

"你看孩子是跟你去呢，还是坐我的车过去？"我连忙打断他的话。

"跟我吧，骑电动车更快，下班高峰期会堵车。老师，你大约过一个小时再开车，不然路上会堵住的。"

"那记得发个地址给我。"

"好，再见！"

一个小时后，我准备出门，就在此时，天空中突然几个炸雷，随即哗啦啦下起了倾盆大雨。站在屋檐下，望着满天密密麻麻的雨线，我叹了口气，想：还是去吧，说不定孩子在等我呢，不能失约。

半小时后就到了隔壁镇的一个小厂。果然，小马接到电话，几乎是飞奔下楼来接我，妈妈还没有他走得快，跟在后面。

上了二楼，这是厂里的宿舍，一排排、一间间。推开一扇小铁门，就看见左右各两张单人床，占了屋子的一大半。这间房估计不到10平方米，虽然很狭小，我只能坐在床上，但是挺干净的，看得出来，他妈妈是个讲究人。

"真是不好意思，这么大雨，要麻烦你过来。住在厂里，条件是差了一点，老师莫要嫌弃。"妈妈拿出一瓶牛奶给我，抱歉地笑。

"没什么，挺好的，虽然小，但是很干净。"我望着小马，"你喜欢在爸爸那边还是妈妈这边？"

小马想了想，他是班里个子最高、块头最大的，但是很单纯、稚嫩，回答我这个问题的时候，还用了四五秒钟思考，然后望着我：

"喜欢妈妈这边。"

妈妈肯定地点点头:"有句俗话,宁可没有当官的爹,不能没有讨饭的娘。没有妈妈是不行的啊。"

我笑笑,也许天下的妈妈都有过这样"护崽"的想法吧。

除了谈学习,鼓励小马好好读书,也不可避免地会谈到家庭琐事。"唉,老师,我在想,自己从来都勤劳节约,对家庭一心一意,为什么会到今天这个地步?想来想去,就是命不好。"她愁容满面,眉宇间有川字纹。

"为了这个家,我什么都做过,在老家镇里开出租车、开鞋店,又到了这边。进厂打工……好不容易什么都有了,小车、楼房,也余了一点小钱,就盼着两个儿子学习好,将来有个好工作,怎么现在变成这样?他爸生意亏了,房子也卖了,这个年纪了,我们还要还账,问题是他根本不听我的,一意孤行……"外面的雨滴滴答答,她的话越讲越长。

"提到家庭,我都已经疲倦了,不想说了,其实他全家都和我关系好,他父母、妹妹都很喜欢我,但就是我们两个人处不好。我们不吵架,但就是不说话,可以一句话都不说……当初,我是被蒙了眼睛啊,怎么要嫁给他呢?"

"啊,快别这样说。"我忙看看小马,他抿着嘴,脸上一丝笑容也没有,听到妈妈说后悔,他的眼皮垂下去,仿佛是自己做错了什么。

"家家有本难念的经。"我打断了他妈妈的话,诚恳地说,"你相信吗?在我女儿小时候,我也和丈夫差点分开,为了一点小事争吵不休。但是女儿长大后对我说的话,让我非常后悔。她说:'妈妈,每次你流泪的时候,我就想,如何能够换来妈妈的

24

笑脸呢？于是拼命读书，有好成绩，妈妈就会笑；后来考上了好初中，又考上了好高中，接着是好大学，保研，公派留学……妈妈，我很累，从来都没有好好休息过，也不敢休息，更不敢做错事情，只有做个好孩子，才能抚慰妈妈的心……妈妈，某个时候，我甚至想，如果自己离开这个世界能让爸爸妈妈和睦，能让爸爸妈妈开心，那我愿意选择离开……'"说到这里，我长长地叹了口气，仿佛看见一个小姑娘不知所措的样子，只可惜现在她已经长大了，很大很大了，"当然，我和她爸爸现在相处得已经很好了，但是孩子的成长，我是回不去了。所以，当父母不和睦的时候，孩子会将所有的过错转移到自己身上，会有负罪感的，你明白我的意思吗？"

妈妈沉默了，看了看我，语速放慢了许多。

我转头看看小马，他早已抬起头，眼睛闪亮闪亮的，仿佛见到救命恩人似的，用力地点头，表示赞同。

谈话快结束了，我起身告别。他们送我下楼。

"老师，小马很喜欢你，他每次回来都会说舒杨老师很好，课讲得好，对他很好，谢谢你啊！"告别的时候，他妈妈推心置腹地说。

"我也很喜欢他，他是个很善良的男孩。"

雨已经小了，个子高高的小马站在湿漉漉的水泥地面上。"老师，再见！"他挥挥手，又挥挥手。

多好的孩子啊，我一边驱车离开，一边想。

可是，为什么心里酸酸的？

等红绿灯的时候，眼泪流了下来……

既像家访，又不像家访

"陪孩子放学回家"计划一般是用抽签的方式决定的。除了陪孩子回家，还有陪他们聊天的时候，也是抽签来决定。本来抽到的是小马同学，但是早上就接到卓男妈妈的邀请，她是学校的职工，从这孩子五年级转到我班开始，她就一直发出邀请，希望我能去她家坐坐、看看、玩玩。有同事说过，她家条件很优越，房子特别豪华，导致我有点迟疑，因为当老师的人总感觉要避嫌，不能因为学生的家庭条件优越就表现出向往、趋同之态，这不是当一个好先生的素质。

其实，也是偏见，正是这种心态，导致我迟迟没有去她家坐坐。应该把她当成一个普通孩子看待，既然孩子和她妈妈都邀请我，那我肯定还是要去的！

于是，中午就去了。孩子妈妈开车，载着两个孩子和我。她有三个孩子——两个女儿和一个男孩，但是据说她很偏爱二女儿卓男，因为二女儿才华出众、天资聪颖，学校的升旗仪式等大小活动都是她女儿当主持人。而且卓男学东西很快，一点就通，性格还很直爽，敢说敢做，于是得到了妈妈的眷顾。

"这孩子特别像我，长得像，各方面都像。"妈妈语气坚定地对我说。

我点点头，表示赞同。

然而，这不是一次普通的家访，卓男妈妈还宴请了少先队部的老师，以及几个关系好的同事，所以下了车，我就看到了八九位同事。

房子确实很大，有200多平方米，装修确实很豪华，更重要的是细节，字画啊，摆件啊，空余空间的利用啊，等等，都恰到好处。三层楼，每间房的装修都很精致，家具是梨花木。卓男妈妈小声跟我说："客厅的梨花木沙发是十几万的，不过都是夫家装修的，我住就好了。"自嘲之余满满的自信。

"老师，来，我带你看我的房间！"卓男是个很贴心的孩子，她牵着我的手，手心温热得很。

推开门那一刻，我看见的是一间公主房，钢琴、各种比赛的照片、玩具公仔、宽敞的床、柔软的被子，还有小主人为追星而购买的韩国时尚组合的杂志、宣传画册等，无一不散发出幸福的气息。只是在写字台上看到一个小镜框，镜框里是三个大字"不生气"，底子上还有许多浅色的字，如"轻松""深呼一口气""没什么大不了的""温和是优雅的象征"等，我忍不住问："卓男，你经常生气吗？"

"嘿嘿，老师，是的，我很容易生气。"

"可是我看你脾气挺好的呀，开朗又大方。"

"那是你看不到啦，我确实爱生气。"

"哦，这样啊，那你用这个小摆件天天提醒自己，是不是好多了？"

"才没有呢，没什么用。"她撇撇嘴，"该生气还得生气！"

我忍不住笑了，摸摸她的脸蛋。

"老师，看看我的钢琴！"

上门记

"老师，看看我家的书房！"

"老师，带你去看阳台吧！"……

嗖嗖嗖，她上了三楼，原有的屋顶被拆除，重新设计，就变成了一个带有透明顶棚的阳台，阳台旁围了一间小房子，大大的落地窗，视野很开阔，里面摆一张贵妃椅，靠里边的位置有酒柜、吧台。"老师，这是我妈妈午睡的地方。"她指着贵妃椅说，"有时候妈妈在这里招待闺密，大家坐在这里吃东西、喝小酒什么的。哦！老师，你吃什么吗？"卓男指着酒柜里琳琅满目的零食盒。

我仔细一看，好像都是一些进口零食。

"进口的？"

"嗯！奶奶是香港户口，我和弟弟也是香港户口，这些零食是妈妈或者奶奶去香港带回来的。"

她依然笑吟吟地牵着我的手，带着我参观她父母的房间、爷爷奶奶的房间、姐姐和弟弟的房间、书房、茶室……

"卓男，咱们拍一张合影吧。"

"好呀！"卓男很自然地贴近我，依偎着我，脸蛋都快贴着我的脸了。我有点儿不好意思，又觉得有些幸福。这孩子带着一股艺术气息，钢琴已经过了八级，家里墙壁上到处是她比赛获奖的照片，如演讲、讲故事、弹钢琴等。作为她的老师，我还是挺以她为荣的。

"老师、卓男，下来吃饭了！"她妈妈在楼下叫我们。

我们手牵手从宽阔的楼梯下来，偌大的客厅吊灯，闪闪发光，有种欧洲影片里公主下阁楼的感觉。

哇，这也太丰盛了吧，我心里暗暗感叹。有客家烧鹅、蒸海鱼、牛奶蒸南瓜、爆炒鱿鱼、蒜蓉大虾等，大家都喝汤、吃菜，尽情享用。

我看看厨房,洁净如新,宽敞明亮,饭厅挂着一幅名家的书法作品"家和万事兴",字是篆体,横屏约五尺见方,显得大气。

吃饭后进茶室,里面摆着茶歇,即广东甜点、水果等。茶台很宽,一整块梨花木做成,据说也要好几万,油漆透亮,光彩照人。茶室里挂着名家的山水、花鸟画,还有整面墙的实木架,一格格,摆着各种瓷器,还有名酒名烟等,看得我眼花缭乱。

品茗饮茶间,快到两点钟了,我们纷纷坐车回到学校。

下午第二节课后,卓男来到我的办公室:"老师,你去我家的感觉如何?"

我笑笑,望着她:"怎么老师觉得既像家访又不像家访呢?"停了一会儿,我一字一句地对她说,"卓男,你家的别墅很大,家里条件也很优越,可不是每一个同学家都有这么优越的条件,你要珍惜这一切,好好学习,健康成长。你长大了想做什么?"

"当艺术特长生!"她毫不犹豫地说。

"好啊,不错,你确实从小就有艺术特长。"

其实,我心里还有一句话,没有说出口——而且,你家也有这个实力支持你。

哈哈,这句话当然不能让她知道了,毕竟她还小。

上门记

我家很远，你不开车？

"啊，你不开车？等会儿从我家回来，要走很久。"小晨有点担心，但随即扭转身子自顾自地走。

"很远吗？那……要是太远的话，回来滴滴约车就可以了。"

"滴滴？哈哈。"

"为什么笑？是搭不到滴滴吗？"

"不是，滴滴好像又有点近……哎呀，我不知道啦。"她背着一个单肩毛绒长耳兔包，不像学生，倒像个逛街的小朋友，跟着妈妈的小朋友。

走了大约100米，就到了车水马龙的主道上，她扭转身子，看着后面的我。我拿出手机，定格她在斑马线这头的形象。

"不要拍，不要拍啦……"她转头，跟我撒娇。

我笑笑："老师不发出去，就是留个家访的纪念，可以吗？"

"好吧。"

很快，我跟着她过了主道，直接往前边的巷子里走。路边有一只灰色花纹的大土猫，弓着身子。

她落在了后面，对着大猫叫："喵呜喵呜！老师，我家也有一只猫，不过家里人都对它不好，对它最好的是我爸爸，其次就是我了。"

家里人都对猫不好？怎么个不好？算了，懒得想了。小晨是个很简单的孩子，可以用"幼稚"来形容，所以，虽然是六年级即将小学毕业的大孩子了，但无论从身高还是性格上看，都可以等同于二三年级的孩子。语文自测，四年级我接班的时候，她几乎全是 D；五年级下学期到现在，似乎好了一点，可以到 C 了，但依然是那种偏后的 C。而数学，听说三年来就没有一次不是 D。这孩子，虽然学习不太好，但也没有见她为此而难过、有压力，她每天都过得既简单又快乐，嘴角总是扬起一抹笑容，扎着马尾辫，走路轻盈，马尾一甩一甩的。

"老师，你去我们家店，还是去家里？"她哆哆地说，"不过，这个时候爸爸妈妈应该在店里。"

"那就去店里，不要影响他们的工作。"我接着问，"你家开美甲店吗？"因为她妈妈的头像是美甲的图案，而小晨说过，她妈妈在美甲店上班。

"不是啦，我家开一个便利店，还有一个烧烤店。"

"两个店？"

"是呀，不过便利店的生意不好，烧烤店还可以。"她继续说，"爸爸妈妈一般要睡到七点才起来，然后忙一晚上。"

"那好辛苦呢。"

"是呀，所以平时他们把我和妹妹放在晚托班。"

我正想问她点什么，"老师，到了！"她像一只小鸟一样，飞奔进烧烤店，把单肩包丢下，又蹦蹦跳跳出来。

天哪，这就是她说的家里很远，要开车过来？直线距离不过 200 米，也太近了，恐怕是我家访以来最近的一户人家吧。

这孩子，活在自己的单色世界里，不太"靠谱"啊。

她妈妈出来，给我搬来一张椅子，放在烧烤店门口，让我坐

上门记

下。就这样,我一边看着他们准备烧烤的架子、火炉、竹签、肉、青菜等,一边和他们说话。她爸爸很忙,正在弄一个大炉子,手忙脚乱、满头大汗,偶尔瞟我几眼,估计是在想:这老师,怎么要来家访呢,如今都没有这种做法了啊,她怕是没事干呢……我耸耸肩,毕竟自己的行为确实有点与众不同,但是为了研究儿童,不应该走进她的生活圈吗?

"小晨会帮忙干点活吗?爸爸妈妈这么忙,既要看便利店,又要烧烤。"我找话题。

"不,我们不让她做这些,从来都不让她做。"妈妈宠溺地看着小晨。

"哦?小孩子锻炼一下也挺好的,不是不能做的啦。也应该让她体验一下父母的辛苦。"我把视线投向小晨,她才没有在听呢,扑腾到便利店,没几分钟,牵出一个刚会走路的小宝宝,咿呀咿呀地玩起来了。

"这是——奶奶?"我看着在烧烤店里跟小晨爸爸忙活的一个短发妇女。

"不是,是我们的姑姑。小晨叫她姑奶奶。"小晨妈妈说。

这位姑奶奶背着手,从我身边踱来踱去,直勾勾地打量我。

"嘿嘿,你好!"我跟她打招呼。她咧开嘴,笑了笑,表示会意。

便利店前是一堆打牌的男人,没有一个女的,都是中老年男人,他们一边打一边吆喝着,旁若无人。

"小晨说过家乡是河南的,是河南哪里的呢?"我继续打开话匣子。

"周口的,老师,你听说过吗?"小晨妈妈也陪我坐下来,回答道。

"听说过，周口发现过古人类遗址，对吗？"我连忙搜索记忆里的周口。

她摇了摇头，也不知道是没有听清楚，还是不知道什么叫古人类遗址。她对小晨说："去给老师买苹果吧！"

"好的！"

我正想叫住小晨，她已经像一只麻雀一样飞走了。很快，她就飞了回来，手里拿着两个苹果，放在桌子上。

买两个苹果？我有点啼笑皆非，忙拿起一个塞在小晨手里，苹果很凉。她用自来水冲了一下，啃了起来。她咳嗽起来。

我望着她妈妈："小晨大前天去研学的时候发烧了，本来应该好好休息，不要去研学；去了吧，也不怎么听劝告，硬要吃冰沙，结果回来病得更重了吧。"

"是啊，前天不是请假一天了吗，咳嗽还没有好。"妈妈略带责备。

"小晨，你看，身体要保护好呢，不能开玩笑了啊。"我接着问道，"下次再发烧，还会去研学吗？研学还吃冰沙吗？"

她嘻嘻一笑，扭着身子，立刻回答："去！还吃！"

"宝宝，不能吃冰，妈妈说过，女孩子都要少吃凉的东西，你要记住。"妈妈依然是一脸宠溺的样子。

"你这孩子呀，唉！"我无奈地笑笑，看大家都在忙，就准备告辞，"小晨，班上没有人欺负你吧？"

"我现在一个人坐。"她继续嚼着苹果，含糊地说，"以前和小骞坐的时候，他老是骂我。"

"骂你啥？"

"他骂我天天吃酱油拌饭，骂我是非洲人。"她委屈地说。

"老师，他的意思是我女儿皮肤黑。"她妈妈连忙补充。

"你在乎吗？"

"在乎啊，我不喜欢听。"小晨撇撇嘴。

"也许他不知道你不喜欢，那以后他再骂你，你可以回击，告诉他，再不尊重我，就告诉老师，让老师处理。"

"嘿嘿！"站在旁边看"西洋景"一样的姑奶奶听到这句话，笑出了声。

"好了，老师走了。"

"小晨妈妈，送一下老师吧。"爸爸一边往嗞嗞冒油的大铁锅里倒蓬松的米饭（一看就是在炒蛋炒饭），一边说。

"不用啦，这么近，走路五分钟。再见！"我转头看他们，想挥手告别，可小晨没有听完我的话，转身就跑了。也不知道她又被什么转移了注意力，这个孩子，活在自己的世界里。不知为什么，看到她就会想起《小猫钓鱼》里那只不在状态的小猫。

"国民女婿"养成记

"老师！你七点半等我电话！"阿航诚恳地望着我。

他不放心，要出办公室的时候再回头确认："七点半？是七点半吧！"

"是的，你这个小啰唆鬼。"我嗔怪道。

"哈哈！七点半！"他摇晃着脑袋，乐呵呵的。

"你很欢迎我去？"我问。

"欢迎！怎么不欢迎？等你啊！七点半！"他开心地走了。我望着他的背影，笑着摇摇头，想起了一桩往事——

阿航是个有婴儿肥的小男孩，皮肤白皙，头发浓密，有时候像顶着一丛茅草。他是个很快乐的孩子，天真无邪，聪明过人，又机灵善辩，跟他交谈总是有种莫名的喜感，很让人开怀。

阿航还有股子不知从哪里来的自信——

这种自信不光表现在他的言谈中，也表现在他的文字里。四年级的时候，他写《我的自画像》：

"我是家庭里的'暖男'，妈妈爸爸说有我很幸福；在小区里，我也是人见人爱、花见花开，因为我很会说话，说的话别人都爱听。小区里的阿姨、奶奶都喜欢我，这个说要我做她的女婿（'婿'不会写，用拼音代替），那个说要我做她的孙女婿。妈妈也说，她们的眼光真好，将来谁家的女孩子嫁给我可有福气了，的确，

上门记

我自己也这么认为……"

当时我在办公室批改习作,读到这里,笑得快要岔气。

习作评讲课上,我故意一脸严肃地说:"阿航,写作文要真实,这些是真的吗?小区里的阿姨、奶奶都这么说吗?不能编。"

"是真的!"一双澄澈的大眼睛望着我,他狠狠点头。

"好吧,你说自己也认为谁家的女儿嫁给你可有福气了?"也不知怎么,突然很想逗逗他。

"是的!是这么认为的!"他一点也不觉得有什么不对的地方。

"老师也有个女儿,嫁给你?近水楼台先得月,要不这个福气先给我?"我拼命忍住笑,同学们也捂着嘴偷笑,气氛欢乐。

"啊?"他一本正经,歪着头想了想,"她多大了?"

这家伙,竟然当真?我装作惋惜的样子——

"姐姐比你大,读大学了,好像不太合适。"

"没关系,你问问她,有男朋友了吗?"他怕我失望,想了个缓兵之计。

"好像没有呢,老师知道。"我不动声色。

"那就问问她,嗯……愿意不愿意等我吧!"他思考片刻,正儿八经地说。

"哈哈!哈哈哈哈!"我实在忍不住了,笑得直不起腰。他一脸茫然,伸手摸摸浓密的头发,吐吐舌头,嘿嘿笑了。

就是这样一个天真简单的孩子,虽然在作文里写了"婚嫁"等字眼,但我知道他没有邪念,也就随便他写好了。

说远了,今晚要去家访了。

"老师,你到哪儿了?"到了七点半,阿航的电话果然准时来了。

"到了,到了。"我的车上了小区的一个大斜坡,发现他就坐在小区的长椅上等。

"老师,停在这里就好。"他指着一个停车位。

"我家住一楼。"他妈妈也出来了,在前面带路,母子俩像一个模子刻出来的,长相高度相似。

"老师,你看,他今天一回家就拼命地打扫卫生,这客厅干净不?他打扫的!哈哈哈!"他妈妈性格非常爽朗,微胖,脸肉嘟嘟的,说话干脆,"平时阿航放学回家总让我带他去吃门口的美食,今天我问他吃不吃,他说不吃不吃,老师会来家访,他要搞卫生!"

"是吗?"我一看他,满头大汗,鼻尖微红,像只小鼹鼠,特别好笑。

"老师!你看他,坐着一动不动,平时哪是这个样子!哈哈哈哈!"妈妈的笑很有"魔性"。

"嘻嘻嘻!"爸爸在饭桌旁站着,也是一副笑得开心的模样,"是啊,阿航平时不是这个样子的,他现在这么规矩,我们都没见过。"

我看看阿航,果然,他的坐姿像大合影里的领导一样,双手平摊,扶着两个膝盖,一动不动,连眼睛都不乱看,望着前面的墙壁,脸绷得紧紧的,又像迎接检阅的钢铁战士。

"你这是干什么?"我摸摸他的头,纳闷地说,"有这么紧张吗?老师又不可怕。"

"不是说要对老师尊敬吗?我这样不动,是表现对您的尊敬。"

他简直是"睁着眼睛说瞎话",我又好气又好笑,摇摇头,说:"好了,你不要这样了,难道要老师也这样对你吗?"

"好,那我放松。"接话倒快,但事实上他根本放松不下来,背挺得直直的。

"哈哈哈!哈哈哈!"

"嘻嘻嘻!嘻嘻嘻!"

阿航父母互相望望,笑到不行,我也哈哈笑了,这家伙就是来活跃气氛的。

……

"你平时在家里做些什么?"

"老师,他平时就做点作业,做完就玩玩电脑,或者玩'三国'牌。"妈妈见他太紧张,就接过话。

"玩电脑,你平时都让他玩吗?不反对他玩?"我有点诧异。

"哦!这事啊,靠疏不靠堵,我跟他说了,作业自己做好,成绩有进步了,就可以玩一个小时。他从来都不用我们管,自觉得很,这不,这个学期各科成绩都上来了,语文不是几次都 A 或 A+?挺满意啦!哈哈哈!"

爸爸也笑嘻嘻地望着这边。

靠疏不靠堵,这倒是真理!我在心里默念着。

家访的时候讲了些什么,我忘记了,只记得这是个快乐融洽的家庭,父母感情很好,孩子也很阳光、自信。

在这样的家庭里,应该没有什么令人难过的事情吧,难怪阿航是小区里阿姨、奶奶争抢的"国民女婿"!

"大小姐"是普通人

小恩是父母的掌上明珠，父母老来得女，含在嘴里怕化了，放在手心怕摔了。其实我这是第二次去她家了，在四年级刚接手班级的时候就去过她家一次。记得她家住在碧桂园，装修很精致，父母特别客气。尤其是她的"光头爸爸"，特别爱她，那时候一定要陪三位老师吃饭，怎么都推辞不了，表面上看是对老师的尊敬，实际上是对宝贝女儿的呵护。因为饭桌上她爸爸一直在说他很疼爱女儿，从来不逼孩子读书。当时我们三位老师出来，相视一笑，一切尽在不言中。

后来的日子，我们也渐渐默许了小恩的"慢"。她做作业慢一点，没关系；上课不积极回答问题，也没有关系；难一点的题目就不去动脑筋了，也算了。我们知道她有个宝贝她宝贝得不得了的父亲，个子高高的，慈眉善目，身体强壮，光头，看上去像"老大"，实际上说话很温柔。为了表达对女儿的爱，他还特意给她喂养了一条小短腿柯基。

六年级，快毕业了，我发现小恩最近上课更加不爱听讲，也不做笔记，懒洋洋的。我想过去说她几句，她就扬起可怜兮兮的脸，一双纯洁无瑕的大眼睛望着你，满是委屈。我总是被她的外貌打动，因为她长得很古典，像古代仕女，一双似怨非怨的眉毛，一双秋水般的眼睛，说话又温温柔柔，我实在是无法板起脸——

上门记

尽管她在学习上已经一塌糊涂。

"老师,你可以周末来吗?"她柔柔地说,"我想、想打扫家里的卫生。"

"好吧,你看什么时间合适就告诉我。"不勉强他们,突然家访,确实会让他们很害羞,很害怕家里哪里有缺点,被老师看到。毕竟都是六年级的少年了。

很快,到了周日,小恩从早上就问:"老师,你可以过来了,什么时候过来?"

"嗯,下午五点后,我有点忙。"确实,我在加班,办公室里"兵荒马乱",也不知道是怎么了,现在的老师好辛苦,压力好大,各种培训、比赛,准备各种材料……连轴转。想当年,我16岁就当老师了,除了上课,有大把时间谈恋爱,流连于青春的草场。可现在的年轻人呢,不是在加班中,就是在加班的路上。几个人都和我在一起,加班中。唉,趁此机会呼呼呼呼,希望减负也要减轻一下老师的负担,让年轻人有时间和精力去恋爱、去结婚、去玩。

"老师,小恩在学校门口等你。"她妈妈竟然给我发来了信息,其实只需等几分钟,可见小恩父母对她的重视。

"好的,我这就去。"我忙收拾好东西,来到校门口。小恩拿着手机,正在张望学校里面。我问道:"小恩,你怎么不直接进来找我呢?"

"噢,我没有戴校卡,进不来。"我抬头一看,她穿着绿色超短上衣,一条修长的绿色直筒拖地裤,像二十世纪八九十年代的港台风,配上披散的长发,她仿佛瞬间长大了许多,有种青春美少女或者少年女团的感觉。我忍不住问:"谁给你搭配的衣服？"

"我自己，哎呀，不好看吗？"小恩低下头，没有自信地说。

"不，很好看，你有自己的审美，挺好的。"我笑笑。

尽管小恩家离学校很近，也就500米的距离，但是我俩还是在路上说着话，我想趁机多多了解她："小恩，你们这个年纪的人喜欢什么？有心仪的明星吗？"

"有啊！我喜欢赵露思，还有一个女团。"

"女团？"我想到了卓男家那夸张的整本宣传册，于是问，"四个人的？"

"是呀，很喜欢。"

"是韩国的吗？"

她显然回答不上来了，支支吾吾地说："不是……不是吧，是那种世界……好像是世界的，有一个是加拿大的。"好吧，我瞬间明白了，她和卓男同学喜欢的果然是同一个。看来这个年纪的孩子在这方面的喜好差不多，每个年代的人都有自己的专属记忆，也是要尊重他们的喜好，只要不过分追星，做老师的也要与时俱进，不必道德说教，毕竟谁没有年轻过呢。想当年，我们不也追逐着港台明星吗？

很快就到了小恩家，她请我坐到沙发上，给我倒水，然后陪着我坐下，和我说话。从这些待人接物的礼仪来看，她是有教养的。她爸爸过来了，明显比三年前瘦多了，也显得老了些，但是对小恩的宠爱依然100分。他拿出一瓶黄桃罐头，打开递给我："老师，请你喝这个。"

"哟，黄桃罐头。"我忍不住说，有段时间，黄桃罐头似乎成了香饽饽。

上门记

"吃吧,我家可是买了几大箱,都是在京东买的。"爸爸显得有点骄傲,"京东超市的东西比较好。"我略点点头,表示理解。"老师,我家小恩肯定是在学习上给您添麻烦了,这都怪我,从来不给她压力,也随便她学不学。讲起来,我也算是老年得女,我和她妈妈对她特别宠爱,这孩子别的都好,就是学习……"她爸爸很担心我开口责怪孩子,忙不迭地说了一连串,"不过,小恩啊,学习上也稍微用点力,不管怎样,高中还是要读的吧,将来没有高中读,那就不太好了。"我忍住笑,心里想,你们生怕孩子受一点点累,又想让孩子考上高中,难道用一点点力就行?不过,我也没有说破什么,点点头表示赞许即可。没准这只是小恩爸爸担心老师责怪而最"狠"的话呢,没准他心里想,他女儿读不读高中也不是什么大问题,只要她依然是父母的乖乖女就好了。

看到电视柜上有张古装照,照片上是两位身着古装、娉娉婷婷的女子,我问小恩:"那是谁?拿过来看看,好吗?"

小恩连忙拿过来,说:"是我和妈妈,在寺庙前照的,汉服。"

我仔细打量照片,啧啧称赞:"小恩长得很像妈妈,瞧,两个都挺美的,穿汉服很合适。"小恩笑了,露出了左脸上深深的小酒窝。不知道为什么,笑起来有酒窝的女子都挺有味道的,这小恩自有其优点。

"能带老师看看你的房间吗?"

"哈哈!老师,你会看到她一屋子的'老婆'!"她爸爸竟然幸灾乐祸地说。

小恩瞥了爸爸一眼,似乎说:"你瞎说。"她打开了灯,让我进了她的房间。灯亮起来的时候,我还是吓了一跳,满墙壁的

明星画报、照片,瞬间明白了她爸爸说的"老婆"的含义,全是赵露思和小恩口中那个"世界女团"。当然,小恩的房间非常舒适,粉红的"小公主房",只是明星画报、照片太多了。

离开的时候,小恩送我下楼,我牵着她的手,问:"你那么喜欢明星,是不是将来也会考虑去当个什么明星,去考艺术学校什么的?"

"不,我不当明星,不去学艺术。"她想都没想就摇头。

"为什么,你不是很崇拜她们吗?"

"那只是看别人啦,我只想当个普通人,简简单单过日子就好了。"她又强调了一遍,"过普通的生活就好了。"

我笑着点点头,和她道别。

上门记

无敌是多么寂寞

"阿想!"当我念出纸条上的名字,阿想抱着头,像一只刚从内室出来的大熊猫猛然听见观众的欢呼,茫然无措、目瞪口呆了。我暗想,其实早就应该去阿想家了……

阿想是个有些奇怪的孩子。我刚接手这个班级的时候,他读四年级,9岁,在人群中显得格外扎眼,个子高、身体壮,像个蒙古族小孩。别看他样子有些憨,其实智商很"在线"。他在语文课上特别爱回答问题,且头头是道,因为他知识面广,口才了得,远远超过同班孩子,所以我让他担任语文组长。看他口齿伶俐,表达的时候很自信,我也暗自高兴,得了一个奇才。可到了五年级,不知道是发生了什么奇怪的事情,阿想变了,辞去了语文组长的"职务",无论如何也不肯当了,上课也不肯主动回答问题了,甚至老师点名请他回答,他都拼命摇头;后来,口齿也不伶俐了,说话结结巴巴、吞吞吐吐。最气人的是,到了五年级下学期,他更加"退化"了,竟然会呜呜地哭,咬着手指头,眼泪汪汪,会突然走出教室,自言自语。更可怕的是,当我转身在黑板上写字,他突然钻到讲台底下,我转身望着台下的学生,他蹲在讲台狭小的空间里,用手扯扯我的裤腿,我低头一看,只见阴暗的讲台柜下一双乌溜溜的眼睛。"啊!干什么?"我一边惊呼,一边逃离讲台,捂着胸口。他呢,从讲台底下钻出来,又开始呜呜地小声

啜泣。

就是这样一个孩子，开始断断续续地去医院，一学期的在校时间不足一个月，偶尔来学校，有各种奇怪的举动。有时候冲上顶楼，吓得老师拼命拖住；有时候直接在教室地面"大"字摊开，胸脯一起一伏，呼吸急促……有好多次，我根本无法上课，只能停下来，打电话给他爸爸："阿想爸爸呀，请你赶快来接他回家吧，课都上不了啊，其余孩子怎么办啊？"记得有一次我很生气，话就说得重了一点："阿想爸爸，你怎么不带孩子去看一下医生？总是拖，叫我怎么上课啊？你这样拖下去，是对孩子不负责任的表现！"

这种情况，老师是有责任去家访的，可由于疫情防控的原因，加之我不是班主任，当时也就不了了之了。到了六年级，换了新班主任，他似乎好了很多，虽然还是不在状态，但是不再闹了，也绝对不上课跑出去了。课堂练习、家庭作业、单元自测统统是偶尔参加，全凭兴趣来，但结果并不差，毕竟他积累的知识多。

我有"上门记"的任务，既然抽到了阿想的名字，冥冥之中自有天意吧，行，那就去阿想家。

本来约好了放学后跟阿想一起走，可是下午小婧和卓男急匆匆来告诉我："阿想不舒服，回家了。"他经常这样，想来就来，不想来就不来，只要家长和班主任沟通好就行。"老师，换人吗？"小婧和卓男满脸期待。"先看看吧。"我想了一下，对她俩说。

到了下午，微信上传来阿想爸爸的留言："老师，欢迎来我家，发个地址给您……"嘿嘿，看来这趟家访是一定会成行了。

晚上8点钟左右，我开车到了他家所在的小区附近，阿想爸爸老远就挥手，后面跟着胖胖的、穿着家居服的阿想。他爸爸来

上门记

到我跟前，领着我往家里走，阿想却早就转身进了家。他家住一楼，前面有一块大草坪，没有高楼遮挡，房前还有个很大的前院，三四十平方米吧。"哟，阿想爸爸，你家前院真宽敞，这房子不错。""是啊，老师，当时就是看这个空间大，才从七楼搬到了这里。"

当我在客厅茶几前坐下，才发现他爸爸很瘦，眼睛通红，好像随时都会流眼泪。他拿出一捆新鲜的枇杷（一看就是刚刚从冰箱里拿出的），摘下一个放在我跟前。我打量着这个家：八九十年代的装修风格，用木头包边的门，墙上是白色石灰粉刷的，一台小小的电视机，电视机两侧的墙上用搁板钉的架子，上面放着几本书。我看到墙上贴着几张写满字的纸，凑上前去看："一二年级规定要读的书目"。随意看一下，竟然有四五十本，连《爱丽丝漫游奇境记》也写在上面。我问："这是谁写的？要读这么多书吗？"

"哦，老师，这贴了好多年，是阿想读一二年级时要读的书。"他爸爸有点骄傲，"这里面的书，都是我陪他读完的。"

"一二年级就读这么深奥的书？会不会太早了？"

"也没有全部读完，个别的，如《童年》《爱丽丝漫游奇境记》，就没有读完，他不太喜欢这些外国小说。"他爸爸摇摇头。

"啊？《童年》和《爱丽丝漫游奇境记》都是好书呢，要耐着性子看的。只不过一二年级就要读完，会不会有点要求过高了？"我也摇摇头。

回到沙发坐下，我看见茶几上有块透明玻璃，玻璃下压着三张手绘画，有世界最新枪支的手绘图，有坦克、军舰等手绘图，画得非常细致，跟复印的一样，还在图画旁边标注了各部分的名

称。见我盯着几幅画出神，阿想站起来，抑扬顿挫地说："老师，是我画的。"

"这么厉害？你怎么能画这么细致，看来你很喜欢武器啥的，你可以考虑读少年军校呢。"

"不，不，我不去，我胆子小，怕被教官惩罚。"阿想连连摆手。

"你啊，既热爱又害怕，怎么行？"我又好气又好笑。

看见桌子上堆着一摞书，其中有《三体》三部曲，我随手拿起来翻着。

阿想又激动地发表意见："哈哈！刘慈欣这个努力生存的小电工，因为不放弃爱好和研究，写了《三体》后就成名成家，以后不担心生存了。"

"阿想，你怎么想这些呢？"我望着他，既为他了解刘慈欣的背景而惊讶，又为他表达出的生存哲学而隐隐担忧，这孩子懂得多了点啊。

"本来就是嘛，大部分人都不能将兴趣作为自己的职业，更多是生存，能像刘慈欣一样成名成家的人寥寥无几，所以我将来也是个普通的打工人罢了……"他滔滔不绝，听得我一愣一愣的。

"你懂这么多知识，历史、地理、军事等，班上的同学也懂吗？"

这句话似乎戳到了他的痛处，他低下了头，刚刚因激动而涨红的脸褪去了颜色，眼睛似乎蒙上了一层灰，喃喃地说："他们都不跟我玩。"停了几秒钟，他又失落地说，"我讲的，他们都听不懂啊！"

"是啊，阿想，几个人能听懂呢，什么量子力学，什么核磁，什么紫外线的系数，什么当郑和下西洋的时候，英国在做什么……

老师都接不上你的话。"我感叹道,"看你的习作草稿本,全是文言文,老师自愧弗如。"

他突然不好意思起来,连连摆手:"不,老师,您是师范大学毕业的,肯定听得懂我的话。"

"是真的有很多没有听懂。阿想,你很快就要进入初中了,若遇上一个懂你、欣赏你的老师,该多好啊。"我若有所思,仿佛预见到未来的一些情形。

……

"老师,我送送你吧。"他爸爸说。

本来预计一个小时的家访,不知不觉差点两个小时了。小区里已经安静下来,没有人在外面休闲。

"唉,老师,阿想的教育,都怪我。"他爸爸满脸懊丧,"我在他身上费尽了心血,从幼儿园开始就逼他学习,甚至跟他一起学习,可是……可是……唉!现在还好一些了,五年级的时候,他迷上了网络、手机,我不准他玩,他就变成那个样子……我那时真的是跌入深渊,那种痛苦无人可以诉说啊!"他讲着讲着,抬头看了一眼天空,深深地叹气,低下头的时候,擦去滑落的眼泪。

"就像金庸笔下的《笑傲江湖》,练武练到走火入魔了,是吗?"我懂他想说未说出来的意思。

"对对对!就是这个意思!"他泪眼模糊,"要是再来一次,我不会让他提前学那么多东西了,就让他普通一点,简单一点,开心一点。老师,你知道吗,他懂太多了,身边没有人可以输出,非常痛苦,家里又只有他一个孩子,我非常痛苦……"

"唉!"我心头也涌起一股酸楚,"阿想爸爸,我也有一样的感受,只不过我没有跟你们说过家事。我从小就逼着女儿做到优秀,她也确实小学、初中、高中、大学一路都出类拔萃,但是……这怎么说呢,她也是一个懂太多,没有输出,自己难受的孩子……唉,不说了,都是我们的错,以后多沟通吧,就这样,再见了。"

我赶紧钻入车内,没有让他看见我的泪光闪闪。

上门记

怕出错的男孩子

现实总是来得太快

周日下午,召集"《为人民服务》剧组"回校排练戏剧。在这里交代一下,学校举行革命文化类课本剧比赛,大部分班级都演《小英雄雨来》《王二小》《金色的鱼钩》等剧本,我选了《为人民服务》,避免和人家重复。剧本由张思德带领小战士去烧木炭开始,以他牺牲,毛主席号召给他开追悼会,并在追悼会上给全党全军做演讲结束。角色的选择,颇费心思,张思德由一个机灵的小男生扮演,而其他战士和卫生员的角色人选都定好了,还差一个重要角色。思索片刻,我想到小文,他性格沉稳,声音浑厚,个子颇高,相貌堂堂。但他也有缺点,不爱说话,我教他三年了,他主动跟我说的话不超过十句。很多时候,我询问他时,他一声不吭、面无表情的样子,甚至让我有点紧张,有点"发怵"。

这天,他却破天荒地开口说话了。

"老师,我会很晚回家。"他抬头看了我一眼。

"哦?你多晚回家?"

"放学后去外面的晚托班……大约8点才回家。"他白净的脸有点泛红。

"咦,你说这些什么意思呢,孩子?"我望着他的眼睛,他

立刻避开我的视线。

"是……是……"他有点着急了，但又说不出口。

我突然想到了什么，恍然大悟："你是怕我去家访，对吗？"

"嗯嗯，是的……嗯，也不是。"他吞吞吐吐。

"别担心啦，8点就8点，我也可以迟点去你家，老师不会待很久；再说你担心什么，班上还有40位同学，老师没有家访，抽签也不一定就抽到你。"我看他为这事纠结，觉得有点好笑。

"可是……"他欲言又止。

"可是什么？别想那么多，好好排练《为人民服务》吧！你要挑大梁，得用心揣摩角色！"我制止了他的胡思乱想。

确实，沉默寡言的人是预言家。第二天上完语文课，当着全班同学的面抽签，我念出小文的名字的时候，全班一片沸腾，他坐在座位上，眼睛眨巴眨巴望着我，好像在说："老师，不是说不会那么快抽到我吗？看，打脸了吧？"

接着，他叹了口气。

我也耸耸肩，叹了口气。

想写科幻小说

"小文，没有跟爸爸妈妈说老师来家访？"我笑着问坐在茶几对面的他。

他不看我，只是腼腆地摇摇头。

"奇怪啊，上午我就告诉小文了，他竟然忍住没跟爸爸妈妈说，直到我要来了，他还是没说。"我觉得不可思议，转头跟小文妈妈说。

上门记

"哎呀,他这个小孩,"他妈妈长着一张很圆的脸,无奈地笑笑,"他就是这样,从小就有点不一样。"

"老师说了来家访,你怎么不告诉我们?"爸爸倒是很无所谓的样子,一边说话,一边坐在沙发里玩着手机。

小文没有回答爸爸,望着妈妈摇摇头,抿着嘴微笑,轻轻地说:"我忘记了。"然后继续一句话也不说,求助似的望着妈妈。

"老师,他刚才进家第一件事就是跑进书房和睡房,把书放入书柜,把没有铺的被子铺好,睡衣睡裤放进衣柜里。"妈妈带着责怪的语气笑着说,"虽然他看上去不在乎的样子,但其实还是在乎的。"

"小文,你小时候喜欢什么玩具?男孩子都喜欢奥特曼啊,玩具枪、汽车啊,乐高啊,对吧?"我想更多地了解这个不吭声的孩子,我对他实在是了解得太少了。

"不,都不喜欢。"他摇头。

"哦?那带我去看看你的书房吧!"我提议。

到了他的书房,我看了一下,书房颇凌乱,书架上没有多少书,有几本连外面的塑封还没有撕开。的确,没有多少男孩子的玩具,倒是摆着几个树脂公仔,还有小风车之类的东西,仿佛也可以说是小女孩的书房。

"小文,你喜欢读什么书?"

"科幻的。"

"哦,那你喜欢什么科幻书?"

他嘟囔着说《猫武士》,我笑了:"这是科幻书?不,它应该是奇幻小说吧。"

"好吧,奇幻小说。不过,我就是想写科幻小说。"他突然

蹦出一句。

我又怔住了，因为这个孩子从来都不是主动的人，现在竟然主动把理想说出口，我得好好表扬他才是。我颇夸张地连连称赞："好啊，写科幻小说，这是多好的想法！有了想法就得行动，你现在就开始写！"

他爸爸突然插嘴，半是调侃，半是打击："写小说，也要先读好书，不好好读书，怎么写得出来呢？"

"你这个人！"他妈妈有点愠怒，"孩子还没有写，就被你堵住，你总是不知道鼓励孩子！"

爸爸连忙闭嘴。

我想到了什么，又没有说出来。

"妈妈六点多才下班，很忙啊，你在哪里工作？"

"我嘛……在公司。"妈妈很快带过这个问题。

"哦，就在爸爸开的公司吗？"来的路上，好像听小文爸爸说他开公司什么的。

"我没有开公司，只是在别人的公司做管理工作。"爸爸连忙解释。

"哦！"似乎没什么话题了，有点冷场。

"他在我舅舅开的公司！"小文指着爸爸，对我说。

妈妈有点吃惊地望着小文。爸爸呢，想不到儿子这样说，怔了几秒钟，尴尬地笑笑。

舅舅说他的话

我起身告辞，小文妈妈带着他出门送我。

上门记

到了小区门口,等车的时候,我俩继续交谈。

"老师,这孩子,从小就不一样。"妈妈到了外面,心情舒畅了一些,说话明显带着笑意,"他几个月的时候就稳稳当当地坐在沙发或床上,一点也不会摔倒,从会坐直接到会走路,没有经历爬的过程。奇怪的是,他走路从来没有摔过!"

妈妈讲起孩子来,如数家珍:"上下楼梯,那么小的孩子,哪个不摔跤!他却从来没有摔过。他扶着栏杆,不踩实就不往前走,一步一步,小心翼翼,绝不让自己失去平衡。"

我啧啧称奇。

"男孩子嘛,哪个不调皮?我这个小文却好带得很,从来不吵不闹,安安静静的。去舅舅家的一大群孩子,只有他最稳重,他舅舅说,小文长大了可以去当公务员,是块好料子。"

"公务员?噢,很好呀。"我点点头,同时对"舅舅"产生了想象,这个舅舅应该在家族里是个有权威的人,不然小文爸爸不会在他舅舅的公司做事,妈妈也不会对他舅舅的话念念不忘。

糟糕,忘了问小文舅舅的职业或经历,应该有话题。

骑着"小电驴"去家访

从三份"名校卷"里挑选了一份,拿上它,匆匆忙忙赶往小蓉家。可能你会感到奇怪,为什么要拿试卷去为难孩子?是这样的,孩子的爸爸前几天把试卷放在我这里,态度非常谦卑,眼神坚定,满脸堆笑,意思是试卷来之不易,但是由他布置的话不太合适,孩子会抗拒,请我帮忙布置给孩子。我本来想拒绝,可是可怜天下父母心,看小蓉爸爸那么恳切的样子,我实在拒绝不了。试卷放在这里已经好几天了,趁着家访,就带一份过去吧!

我大致浏览一下,题都很难,不是教材里的内容,而是包罗万象的文学知识,例如看"入木三分""七擒七纵""四面楚歌"等成语填主人公,还好;可还有看句子猜人物,"酌酒花间,磨针石上;倚剑天外,挂弓扶桑",对,是李白,连老师也得好好想一想;还有根据诗句填成语:"千里江陵一日还"——成语"一____千____","春色满园关不住"——"____枝____展",嘿嘿,难吧。

关于古诗词的考查也不少:诗中有景,如"草长莺飞二月天,_____";诗中有情,如"劝君更尽一杯酒,_____";诗中有趣,如"最喜小儿无赖,_____";诗中有志,如"_____,要留清白在人间"。

上门记

连阅读题也是文言文，真难为孩子了！

好吧，这就是所谓的"名校"吧？我心想，这是赤裸裸地选拔优等生啊，这么深厚的文化积累，是根本不需要老师教的，这样的孩子是天生喜欢语言与文学的，可是现在的教材内容比较简单，能达成这些吗？难怪家长还是趋之若鹜地去找机构恶补。唉！

既然小蓉爸爸那么看重"名校"，那么，成人之美，我带过去一份，不让孩子做平日的语文家庭作业，就慢慢完成这些"名校卷"吧。

我骑着"小电驴"，很快就到了我所在的城镇房价最高的小区门口，保安很瞧不起我，一个神气地说："去去，那边的门！"另一个则拦住我，问我要进去干什么，一番解释后，尽管让我进了大门，但那语气里满是调侃和为难。两个保安一唱一和，天空中洋溢着"愉快轻松"的气氛，唉！可见，在这个小区骑个"小电驴"要有多么强大的内心。

从地下室负一楼进门，就是一个五六十平方米的茶室，我来不及细看，就跟着小蓉妈妈上楼，一共四层，各种功能一应俱全。一楼是休闲娱乐区，我大致看了一下，有一张大大的银灰色电动按摩椅，一张铺着枣红色金丝绒桌布的电动麻将桌，另外的，就来不及细看了。很快到了二楼，二楼是客厅，很宽敞，客厅那头是客房；茶几上摆着一盘绯红的西瓜，切成一小块一小块，一盘金黄的菠萝蜜，还有饮料等。看得出来，家长简单地准备了一下，这倒让我很不好意思，说好家访不吃饭，也不吃任何东西，只喝水即可，这么"扰民"就很不必了。最吸引我的是客厅里的两个高级相框，照片上是两位老人，其中的老爷爷一身戎装，佩戴着几枚亮闪闪的勋章，精神矍铄的样子；另一位看样子是老爷爷的伴侣，老奶奶很慈祥。我问小蓉爸爸："这是小蓉的爷爷？"

"哦，不是，这是小蓉的太爷爷，是我的爷爷。"看我望着照片眼睛一眨不眨，小蓉爸爸有点自豪地介绍开了，"我爷爷是南下干部，打过仗，40年代的时候上过战场，属于陈毅的部队，老爷子90多岁了，身体还好。"

"这么厉害？你爷爷站得笔直，眼睛炯炯有神呢。"

"是的，我是长孙，回老家就陪他说话，听他讲童年的故事、打仗的经历，老爷子很喜欢我……"小蓉爸爸滔滔不绝。

"小蓉，你太爷爷是国家的英雄呢，你是不是也很喜欢学习革命文化类的课文呢？"小蓉低着头坐在我旁边，我忍不住搂着她问。

"嗯……嗯……"小蓉是个锯了嘴的葫芦，半天都说不出一句话来。我教了她整整三年，她几乎从来没有主动举手回答过问题，但她很聪明，成绩也很好，眼睛很亮，属于那种心里都懂但不愿意表现的孩子。

"小蓉，你太不肯主动表达了，以后上了初中，要好好地表现，不要错过机会。"我想了想，这样对她说。

"老师，不是这样的，小蓉在我们家是个'大王'，全家都怕她，她是最受宠的一个孩子。她啊，就是从小泡在蜜罐子里了。"妈妈温柔地说，仿佛有些责怪。

"老师，我这小女儿怕是像她妈妈，唉，都不怎么说话，害怕表达；不像我，要是像我，怕什么呢，都可以讲的，对什么人都可以讲话的，大大方方嘛！"爸爸无奈地望着我说。

"哈哈，不用担心，孩子肯定有两个人的基因，没准会越来越像你的。"我连忙打圆场，心想，怎么天下的爸爸都喜欢怪妈妈呢，哈哈。

我们继续聊着，聊孩子小时候学舞蹈、学主持的事情，聊未来她去哪里读初中的事情，等等。这时候，我环视四周，忍不住赞叹一句："房子好漂亮啊！"小蓉妈妈规规矩矩地坐在单人沙发上，微笑着说："房子的装修都是小蓉爸爸弄的，我什么都没有管，住进来就是这样了。"本来是想称赞小蓉爸爸的能干，但不知为什么，我感觉到了这个家庭里男主人和女主人的分量划分，有的家庭男女是各一半分量的；有的家庭，却并不平衡，男重女轻。男女之间并没有完全平等，也许这是中国家庭的现状吧。

"小蓉，带老师看看你的房间？"每次家访快结束的时候，我都这样说。

"好啊！"小蓉终于开口说话了。

"你带老师上去吧！"妈妈说。

我笑眯眯地牵着她的手，准备上三楼，身后传来她爸爸的声音："你也跟着上去啊！"哦，原来是对她妈妈说的。

小蓉妈妈连忙走到楼梯这里来。

"开灯啊，"小蓉爸爸又指挥了，"开那盏大灯。"

"啪！"灯一开，我都要惊呆了，这盏水晶长吊灯有四层楼那么高，就垂落在楼梯旋转的中空位置。我望望楼上，看不到楼顶；再俯视楼下，感觉天旋地转，好高啊！这么豪华的茶粉色水晶灯，我第一次见到，真是好看得很。到了小蓉的房间，真是小公主的房间，粉红色的落地蚊帐，胡桃木地板，奶白色的儿童家具上摆着各种色彩柔和的公仔，而书架上摆着整整齐齐的书，真是赏心悦目。

"小蓉，你真幸福！"我忍不住赞叹。

"谢谢老师。"小蓉虽然还是低着头说话,但是明显带着盈盈笑意。

告别的时候,小蓉妈妈给我准备了一只湖南的酱板鸭,我实在推辞不了,想着到时候回赠孩子一本新书就好了。小蓉爸爸送我出了小区门口,这"小电驴"又引起了一番有趣的对话,对话省略,不过此时的"小电驴",比之前面对保安时得到的待遇好多了,至少没有受到歧视,哈哈。

家访的好处在哪里,为什么我要坚持这样做呢?就是如同在做"社会人文调查",大自然四季流转、枯荣轮回,每个家庭也包含着"孕育—发芽—开花—结果"的新陈代谢过程,访别人的家庭,明孩子的成长,思大写的人生。

上门记

暖炉记

一次家访变成一次忆苦思甜会，有意思吧！那是因为家里有个暖炉奶奶，事情是这样的——

"这个时候去家访，可以吗？"我看了看手表，八点钟了，心里想，去还是不去呢？要不提前问一下吧。谁知道小培妈妈看到微信后，立刻回："家里有人，爸爸在家，孩子也在等您，去吧！"好吧，开车十分钟就能到达，坐到大约九点就走，我心里这么想，于是爽快地说："好嘞，出发。"

这是个老花园小区，很大，背后还有一座大山，我去过一次，跟原始森林一样，看来有些地方根本就没有人去过，挺幽深的。王维的"涧户寂无人，纷纷开且落"应该能形容这个老花园小区背后的大山。

正因为有这么一座大山存在，小区虽然很老，但是住户挺多，入住率是这个城镇里最高的，几乎几十栋楼都灯火通明，在半山腰上，煞是好看。

很快，我在导航的引领下来到了小培家楼下，远远看见有个穿牛仔裤、T恤衫的年轻男子在等着。我还以为是小培的叔叔或舅舅，谁知道他走过来，自我介绍："我是小培的爸爸，欢迎您，老师。"借着路灯的光，我打量了他一下：瘦瘦的身材，蓬松浓密的头发，一双大大的眼睛很深邃，我瞬间想到了一个明星——

梁朝伟，眼睛确实太像了，有种莫名的穿透力。他笑呵呵地带着我往楼上走，一边走一边说着感谢的话。

"妈！老师来了！"他推开家门，朝着里面喊。一位六七十岁的奶奶出来了，穿着深蓝色连衣裙，短发，微胖，也是眼睛大大的，嘴巴有点宽。她端着一盆荔枝出来，又递给我一杯热气腾腾的茶，怪客气的，让我有点不好意思。"老师，听小培说您这几天会过来，我们全家都很期待呢，尤其是小培，总是跟我们说，老师今天又没有来，明天她到底会不会来呢？第二天，您又没有来，他又在念叨，老师怎么还不来呀，我都等得急了。他还要我们去买水果，瞧，买了一盒樱桃，他都不舍得吃。老师，您看，樱桃都蔫巴了。"啊，果然，我连忙双手合十道歉："小培奶奶，不好意思，我不知道这孩子这么盼望我来。平时看他都没有什么表示和反应，对任何事情都云淡风轻的，我还以为他不怎么在意这件事呢。"

"啊，老师，您这就不懂了，我们家小培是表现不出来，但是心里很在乎。这几次自测都进步了，A+，得了奖状，他每次都会开心地和我们分享呢。昨天又得了奖状，回家就跟我们说了，一晚上都笑嘻嘻的。"确实有这么回事，小培是被表扬了，并且拿了奖状。只是奇怪，在教室里并不能看出来他高兴，所以我也常常忽略，原来回家他那么欣喜，第一时间跟家长汇报喜讯。这娃娃，上进心很强嘛，难怪会一次比一次进步。

我留意到墙上有一张大大的全家福，上面有爷爷奶奶、爸爸妈妈，还有两个男孩。其中一个当然是小培，那另一个大些的男孩呢？是谁呢？见我望着照片，奶奶又忙着跟我解释："这是小培的哥哥，叫小真，老师，您不认识吗？他也是你们学校毕业的，成绩比小培好，总是在年级前三。"我摇摇头，毕竟没有教过他，没有多大的印象。奶奶接着说："小真在中学也总是年级前三，上次还得了个第一，老师说他考个市区重点高中不成问题。"奶奶想了想，打开一个视频，说："这是他代表初三年级进行中考前的宣誓，老师，您看看。"镜头里一个帅气阳光的大男孩侃侃而谈，台下有校长、主任等领导，还有全校的优秀学生代表，大男孩丝毫不怯场，落落大方，自信从容。瞬间，我也被他的气质打动了，忍不住问："小培的哥哥这么优秀，小培没有压力吗？"也许是这句话触动了奶奶和爸爸，他俩叹口气，说："压力大着呢，小培总是说自己比不上哥哥，有时候显得很泄气的样子。"是啊，我想，一个家庭里两个孩子，前一个孩子太优秀，后一个孩子要多么辛苦才能跟上哥哥或姐姐的步伐。其实，他们自卑也是因为看不到自己的优点，并不是成绩就决定一切，一个人能否成功受多种因素的综合影响。由此，我想到了自己，从小弟弟就生活在我的阴影下。成绩优秀、才华出众等闪光点都是和我相伴的，而弟弟呢，成绩不好，似乎也没有什么艺术细胞，他的老师跟他说得最多的一句话就是："看看你姐姐！你怎么不学习她！"现在想来，第二个孩子需要多么强大的心理才能扛得住一遍又一遍"你怎么不像你姐姐"。

　　说远了，奶奶坐下来，一直和我聊着，爸爸进来之后，坐在桌子边，只是赔笑或点头、摇头，几乎没见他开口说话。是啊，在妈妈身边，不管多大，都是孩子。奶奶和我滔滔不绝——

　　"我老头儿一直是村里的党支部书记，威望是比较高的，城镇来检查工作的领导屡屡在我家歇息，他们都很喜欢在我家吃个便饭。说真的，老师，做基层工作不容易，做基层领导的妻子也不容易。不能招呼客人，不能把家里收拾干净，那是不行的，别人要看笑话的。"我又想到了自己的父亲，一位基层支部书记，他在村子里当书记20多年，威望很高，家里也常常是高朋满座，妈妈是爸爸的好助手，招呼来客，深得人心。这位奶奶和我妈妈曾经的角色是一样的，她那么精明能干是理所当然的。

小培的表姑来了，她住在同一个小区，今天过来给小培奶奶送一个大西瓜。她看到我来了，高兴地坐下，和我谈天说地："老师，早年家里穷，哪怕是一个鸡蛋，我姑妈也会留下来，等到生日那天煮好给我表弟吃。"

"这叫仪式感。"爸爸看表姐进来，话匣子打开了一些，"不像现在的小孩子，生日那天，满是吃的、玩的、乐的，可是依然没有什么印象。我那时候过生日，老妈还要去叫电影组来，在田野里搭上架子，挂上幕布放电影呢！"

这个话题瞬间打开了我的记忆闸门，我也滔滔不绝起来："对对对，我们小时候，生日的庆典活动就是放电影。记得我弟弟十岁生日，家里还放了三个片子呢，我自己过生日，只放了两个片子。"

"哦，你们那里是做十周岁生日？在我们那里，是不能做整岁的，都是十一岁的时候才庆祝生日……"奶奶和表姑连忙说。

我们开始了"忆苦思甜"茶话会，一会儿讲到过年时烤火，零食摆在食盒里，其中的芝麻球是不能随便拿着吃的，要从初一摆到正月十五；一会儿讲到八九十年代的学校和老师，那个时候的老师是经常家访的，和学生家长的关系都很好。

小培爸爸接过话说："记得我考上了重点高中，家里给我办酒席，请来了老师，老师在我家就跟在自己家一样，开心地和我老爸聊天，一直到深夜还舍不得回家……"我也想起来了，忙激动地说："是呀，那时候老师和家长是没有距离的。那是1989年吧，我考上了师范大学，那个年代嘛，考上中专就是鲤鱼跃龙门，端上了金饭碗，家里硬是要摆三桌酒席，请了所有老师到家里来吃饭，大家都好开心，老师和我父母就像兄弟姐妹一样……"

时间不知不觉地过去，在外面打球的小培回来了，我们几个大人继续热聊，和小培打了招呼后继续聊天，回忆过去，回忆八九十年代。小培洗了澡，换了衣服，坐在我旁边，好奇地盯着我们，一会儿看看我，一会儿看看奶奶、姑姑和爸爸。他歪着脑袋，蹙着眉头，似乎在想：他们聊什么呢，这么开心，不像是聊我的学习情况啊……他们到底在聊些什么呢？

哈哈，有趣的家访，变成了一场热火朝天的回忆茶话会。

回家的路上，我满心欢喜，像饱餐了美食，像李白喝醉了酒，像辛弃疾拿起了刀剑。仔细想想，这样的家庭气氛，就是所谓的"家和万事兴"吧。别看这位奶奶读书不多，学问不大，但她在家庭里的作用可大了，她就是"晚来天欲雪"里的"红泥小火炉"啊！

这么小,不能"佛系"啊

"小怡,抽到你了!"我迷茫地看着她,心里闪过一丝不太想去的念头,但是很快就打消了,毕竟是当着全班的面抽到的,如果能够反悔,那下次怎么办?

为什么我不太想去呢?因为小怡是六年级才转学过来的,本来我就是个慢热的人,说起来快一年了,但实际熟悉起来才三四个月。像这样比较浅的关系,彼此可能都没有太多印象,而现在要去家访,真是有点奇怪。

"你……你能不能……"她吞吞吐吐。

"不去,是吗?"我好奇地问她。

"是的。"

小怡本来就是个很没有存在感的孩子,生怕老师注意她。无论上课还是下课,她好像永远坐在她的最后一排座位上,眼睛不大,无神采,也没什么表情,学习成绩是比上不足,比下有余,标准的中等,每次都是B,达不到A,但也比C和D好。她就是这样,日复一日、年复一年地过着"与世无争"的蜗牛般的生活。不是她的行动像蜗牛,而是她的性格,有外壳包着,不喜欢被打扰。

虽然我对她很不了解,但是有一次小婷去办公室的时候,看到某本书上的一个字"魁",脱口而出:"老师,这是小怡的微信名!"当时我在心里嘀咕,这个字是不是跟游戏有关?是不是某种动漫上的角色？恐怕是半正半邪吧，挺有个性的。当时我就留意到了这回事——一个那么沉默寡言的女孩子，怎么会给自己取一个这么有个性的男孩子名字？

很快，我就开车到了她居住的花园小区，离学校不远，开车大约10分钟。到了花园里停车，忽然见一中年妇女带着她在旁边等着，我想这就是小怡的妈妈吧。果然是，笑容挺亲切的，一对特别明亮的大眼睛。她很自然地挽起了我的手臂，好像我们不是第一次见面，而是多年的老友似的，顿时我好感倍增。

"老师，来，电梯在这边。"她穿着干练，T恤和七分裤，很爽利的样子。

"呀！你家这么多绿植！"到了她家，我往阳台望去，第一印象就是绿植满栏杆，而且花盆精致，有些地方还搭了小木架，方便藤蔓植物往上爬。我被吸引过去了："哇，辣椒！还有小番茄？"

"对！老师，你看这藤蔓，是西瓜！也不知道怎么了，每次开花结了小小的西瓜，过不了几天就萎了，掉了。"

我略想了一下，说："或许你可以像果农用塑料袋包住果实，让果实免受虫害一样，你也把小西瓜仔包好，试试看行不行。"吃不到西瓜是大事啊，毕竟每次都开花了，我仿佛有这个责任让西瓜开花结果一样。

从阳台返回，突然又看见电视机台子上有个大大的刷着黄色油漆的鸟笼子，仔细一看，没有鸟，倒是有只小仓鼠双手握拳，好像在拱手示意，让我们别伤害它。

"太可爱了吧！竟然有小仓鼠，而且养得真好呀！"我有点夸张地称赞。这笼子里的锯木屑、小屋子等，都干干净净，一看这仓鼠就是养尊处优的。

"老师,这就是小怡买回来养着的啊。"妈妈立刻回应我。

"多少钱?是在学校门口买的吧?"我一边弯腰看这小玩意儿,一边问小怡。

妈妈见小怡不说话,露出了尴尬的表情,大声说:"是的,在学校门口买的,她花了20元钱呢!她爸爸看见只有一只,就又去给它买了个伴。"

"有两只?"我凑得更近了,仔细地看着小房子里面,可并没有看到另一只。

"在里面睡觉啦,老师,你看到的这只是土黄色的,另一只是灰黑色的。"妈妈又赶忙解释。

好吧,我想了想,就不说这个话题了,转头问小怡:"你的微信名字叫'魈'?为什么取这个名?"

小怡倒是大方了一些,淡淡地说:"是的,因为这是我喜欢的一个角色。"

妈妈以为是什么不好的事情,插嘴问:"什么意思?这个'魈'是谁?"

"是二次元,纸片人哪,哎呀,你不懂。"小怡不想再跟妈妈解释了。

我转头对满脸怀疑的妈妈说:"别担心,是很多年轻人喜欢的事物,比如二次元、纸片人,我们不用在意那么多。"是的,我想到了自己小时候莫名喜欢的那些"影视人物"。

不一会,小怡爸爸带着她弟弟回家了,弟弟一看就话特别多,叽叽喳喳,抢着说,而小怡越发不吭声了。爸爸是潮汕人,典型的潮汕人的模样,进屋就开始泡茶,请我喝茶。

67

上门记

"老师,我们孩子转学到你们学校太迟了。之前家里没有买房,就没有稳定的住房嘛,小怡这孩子就去了民办小学,学了五年,唉,没有学到什么,连简单的数学题都不会。还是这里好,孩子一听就明白了。"

"哦?那之前怎么上课?"我颇好奇。

讲到这个,小怡终于说话了,而且语气越来越自然:"语文老师就是让我们背课文,数学老师就是让我们看习题,说看着就会做了。"

"啊?这样的老师啊,不误人子弟吗?"我仿佛看见了小怡在那个课堂上无所事事、萎靡不振的样子,忍不住安慰她几句,也要点家长几句,"其实你是很优秀的孩子,看来老师老是认为你没有达到 A 或 A+,是因为你不认真的想法错了。你已经尽力了,原谅老师对你的批评。"

"没事,老师,你批评孩子,是为了她好,我们肯定是支持的。"妈妈爸爸都这么说,我倒有点不好意思了。

"你们家就这两个孩子?"我忍不住问。

"三个!小怡是老二。唉,老大很争气,考上了市里五大高中之一,挺自觉的;小的呢,也很活泼机灵;就是这个老二,性格不像老大,慢吞吞的,也不像弟弟,没他那么活跃。小怡好像没什么意见似的,什么都可以,也从不在乎谁比她更好,有点自得其乐。"妈妈有点感慨,也有点跟我投诉的意味。

"还有,考试成绩出来后她回家,我们说她只有 B,她就会无所谓地说,她后面还有很多 C 和 D 呢!"爸爸也一边斟茶,一边摇摇头说。

"哈哈,小怡,你这么小就这么'佛系',恐怕不太好啊。

你不想竞争，可是我们生活在一个竞争的时代里，读书有竞争，以后在社会上更有竞争呢，有些是躲不过的，不如迎难而上，明白吗？"我摸摸小怡的头发，她有一头乌黑浓密的头发，摸起来很顺溜的。

快要告别的时候，妈妈由衷地感叹："老师，你的课上得真好，我们孩子要是一年级就在这里就读，那能听你多少好课啊！你发在群里的板书，我都能看得明明白白、清清楚楚。那些板书我都收藏了，感觉自己都重新上了一次小学语文课啊！"

"哦，那真是太感动了，以后我……我把课上得更好一些，让孩子们听得更明白些，好吗？"

"那太好了！"妈妈握着我的手，跟我一起乘电梯，还是手挽手，把我送到了楼下。

你长大了想干什么

去小苏家的路上，我骑着小电动车，走一条非机动车道，在路上突然思考上门家访的意义。

突然想起了一部英国纪录片《人生七年》，摄制组耗时56年，跟踪拍摄了来自不同阶级和家庭的14个孩子，从7岁到63岁的成长过程，记录了这些孩子半生的缩影，也呈现了英国社会半个世纪的历史变迁，成就了一部伟大的作品。1964年，导演保罗·阿尔蒙德拍摄了《人生七年》这部纪录片的第一部《7up》，开始记录14位英国7岁儿童的生活。此后，导演迈克尔·阿普特接棒，每隔7年，回访这14个儿童，看看他们7年来的成长与变化。《人生七年》源自一句英国的俗语：Give me a child until he is seven, and I will give you the man（给我一个男孩，直到7岁，我会还给你一个男人），与我们常说的"3岁看大，7岁看老"类似。摄制组试图验证一个人的出身会决定人生走向，以此审视当时英国的阶级制度，探索社会阶层固化等问题。大部分孩子的人生不出人们的意料，他们并没有突破自己的阶层，但也有例外。出身农村的尼古拉斯是唯一从底层跨越到精英阶层的孩子。他从一个害羞拘束的农村娃变成牛津大学物理系的高才生，28岁时成为大学副教授，42岁时晋升为正教授，功成名就后回到家乡，他多么自豪。是的，在他身上确实体现了"教育+知识"的巨大作用，而其他孩子的发展……哎呀，还是不在这里赘述，总之，这两位导演并不是教育家，但是他们更懂得研究与记录，其中包含了社会学、历史学、哲学等层面的意义。可是我们呢，终身从事教育事业，但是更多的时候是为了生存，职业操守更高一点的则成了教育行业的精英人才，成了一定区域内的管理者，可是思考教育与个体命运间的关系，乃至国家教育改革等问题，似乎离我们这些普通教师很遥远。终其一生，忙忙碌碌，也不知何为。这肯定是我不愿意去想的问题。年纪越来越大，剩下的教育生涯越来越短，我会发问：我究竟要什么，从事教育究竟要获得什么，能否留下一些什么来纪念自己的教育生涯？如这一次家访计划，到30多个孩子的家里走走，从而去发现、探究和获得，这也是一次尝试吧！别人也许会对此耸耸肩，表示不可理喻，我自己却乐此不疲，会坚持走下去。

　　我正思考着，很快就到了小苏家居住的花园。说起来，师生也算是同在一个花园小区，只是我买的是公寓式住房，面积很小，也就很少在这边住，最近把房子出售了。这小区是很美的，环境特别幽雅，绿色植被多，活动空间大，也有老年人和小孩子的娱乐区，管理很规范。小苏妈妈发信息来告诉我是第五栋五单元。说来好笑，我是第三栋，却并不知道第五栋在哪儿，找了半天，看路牌也看错了，直到逮住一个十一二岁的小姑娘，才问到方向，于是乘上电梯，到达了小苏家所在的楼层。

　　电梯门一打开，我就看见一个装扮精致的女人，笑容可掬，九十度鞠躬迎接我，吓了我一跳。我仔细瞧了瞧，小苏妈妈穿着黑色长旗袍，晚礼服样式，右边衣襟上绣着精致的花纹，头发盘起，化着淡妆，看上去很优雅，又有点可爱。难怪小苏长那么帅，看来是遗传基因的作用。走进去，小苏妈妈不让我脱鞋，把我迎进了客厅，茶几上摆着切好的西瓜和哈密瓜，一看就是"有备而来"。

小苏呢，穿着一套家居服，捧着一本书，坐在沙发上，仿佛在用看书掩饰自己的紧张。在这里介绍一下小苏同学，他皮肤白皙，椭圆脸，五官端正，眉毛浓密，小小的嘟嘟嘴，显得特别可爱，从小就架着一副金丝眼镜，加上坚定的眼神，看上去很文气，跟一般的男孩不同。确实，他的性格也这样，不调皮，不爱出风头，说话做事都慢条斯理的，特别像英剧里的贵族小男孩。不过，他做的一些事也会让我惊掉下巴。

有一次我外出学习，让实习老师帮忙监考，等我回来，实习老师吞吞吐吐地跟我投诉："有个学生上台来问我题目，毕竟这是考试，我当然让他自己回去做，告诉他不能问。谁知道……""怎么？你说吧，不要有顾虑！"我鼓励她告诉我。"谁知他竟然狠狠地骂了一句'不要脸'！""啊？这是谁？这么过分吗？"我猜了一连串名字，就是没有把这种行为和小苏联系在一起。当实习老师告诉我是一个坐在前排、戴眼镜的斯文男孩时，小苏的形象就浮现在我眼前。后来经过证实，确实是小苏说的，我着实想了一会儿，怎么会是他呢？这和我印象中的他判若两人。我找来小苏询问情况，小苏低着头说："是我骂的，因为……题目没有印刷好，字迹模糊，看不清。老师，看不清怎么做嘛！可实习老师不但不帮我解决，还冷冷地让我下去，我气坏了，就骂了这一句。""你呀，要不是你自己告诉我，老师可一点都不相信这话出自你的口，你在我们每个老师心里都是谦虚有礼的代名词啊。""老师，我错了。"他红着脸道歉。我委婉地批评了他。虽然这件事过去几个月了，但是每当看到小苏，我都会想起他偶尔爆发的小脾气。

妈妈跟我讲起家庭生活。原来小苏的爸爸在外市的口腔医院上班,因为路途有点远,开车也要三个小时,所以每半个月回家一次。小苏的姐姐读初三,一直在寄宿,平日家里基本上只有妈妈和小苏两个人。妈妈笑着对我说:"小苏都不爱体育运动,不喜欢打篮球,也不怎么下楼去小区做点运动,要么待在家里,要么在去课外学习班的路上。"说真的,虽然现在不允许孩子们补习功课,要减轻孩子们的负担,但家长依然热情满满,也总能找到法子,把孩子送去学习。对这些,我也不好说什么。我摇摇头,笑了笑,对小苏说:"男孩子要爱运动啊,运动能使人快乐和开朗,爱运动的人是不会心存忧伤的。"小苏急着辩白:"我喜欢羽毛球,但是没有人陪我打!"妈妈说:"等你爸爸回来了,你跟爸爸去打。""可是,爸爸半个月才回来一次,他哪有时间!"小苏嘟着嘴轻声抱怨。这是个跟着妈妈在一起的娃,性格太文静了。我想,对于男孩子,有些时候粗线条教育也不见得就不好,太精致的话,他们不敢出错,也容易生闷气。

"老师,小苏什么都好,也很爱学习,作业什么的都不用我管,自觉得很,就是有时候会发点小脾气。"妈妈笑着说。我忍不住问:"你是哪里人?""我是江苏的,小苏爸爸是福建的。""江苏?原来如此,江苏女子就是秀丽。"我由衷赞叹,又转头拍拍小苏的肩膀,说:"小苏,咱们中国人讲究'温良恭俭让','温'就是温和、平和。以后遇到困难,或者你认为不合理不公平的事情,不必生气、发火,因为生气、发火解决不了问题,反而会把事情弄得更糟糕;而温和处事、宽容待人会让事情成功一大半。"小苏所有所思地点点头,其实,这些话是说给他听的,也是说给

上门记

我自己听的。

"小苏,你长大了想做什么?"快要告别的时候,我问道。

"当考古学家!"他不假思索地回答。

"考古?怎么会有这个想法?"

"我从小喜欢看考古方面的书,如恐龙、化石等,都看得津津有味,所以就喜欢啰!"

我打趣道:"到你大学毕业出来考古,地下的宝贝估计早就被挖光了!你以后还怎么考古?"

"老师,这你就不懂了,亚特兰蒂斯,你知道吗?说不定我可以发现它的踪迹呢!那就轰动全世界了。"小苏讲起这些来头头是道,与我刚进他家时的他判若两人,估计考古确实是他的心头爱。

"老师要跟你告别了,能看看你的书房吗?"这是每次家访都要做的事情,看看孩子居住的房间,看看他的学习环境。

"不好意思啊,老师,我们家房子小,只有两室一厅,所以,孩子住着狭窄了一点。"妈妈带着我来到小苏的卧室,卧室和书房是在一起的,我看了看,确实很小,只有约十平方米,摆着一张高低床,床边是靠墙的简易书桌,除此以外,再也摆不下其他东西。幸好,从窗户望出去,景色很好,正值盛夏,绿树葱郁,小草整齐,花儿繁茂,还是很美的。

"小苏,再见了,老师祝你学习进步,天天开心!"

"再见,老师!"妈妈带着小苏在电梯口送我。电梯门关上的一刹那,我看到小苏妈妈还是保持着鞠躬的姿势,太令人感动了。

回来的路上,本来风和日丽、艳阳高照,突然,电闪雷鸣,紧接着就来了瓢泼大雨,我没有带雨衣,先是停下来,打着伞扶着电动车,一副肃立的姿态;可是发现停下来等雨停是个笨方法,因为雨越下越大,风也越来越急,几乎连站都站不稳,雨伞也被吹得要翻转过去……算了,我只能硬着头皮往前冲,浑身里里外外都湿透了。

"啊——嚏!阿——嚏!"凄风冷雨中,我一边打喷嚏,一边想,这真是一次别开生面的家访啊!

以为是青铜，原来是王者

周六，不是家访的日子，是休息的时光。

可是，起床不久，我就接到电话："老师，欢迎你来家访！我接你。"这可有点奇怪了，很多家长和孩子是有点抗拒我去的，因为在这个年代，家访肯定是有点另类了。但是这个家长倒是挺热情的，语气自然，仿佛早就和我约好了。好吧，择日不如撞日，就去吧！

其实这位家长我是早就认识了的，想来也应该算老朋友，可是因为各自忙碌，我是一个大忙人，她是大美女，做美容事业的（我对做美容事业的女人有点怕，生怕她们给我推销一堆"变美"的产品），并没什么交往，也就缺乏了解。这个孩子是班级里公认的班花——小琳。在我看来，这孩子是长得好，皮肤特别白净，身材也很匀称，但说是班花吧，恐怕有点早。我有点排斥这个词，因为见过太多小时候貌不惊人的孩子，长大了再出现，让我感到惊艳；而小时候太好看的，长大了却平平常常，所以我不怎么说学生长得好。但孩子毕竟是孩子，老师不在乎，他们在乎，私底下评选出了"班级最美"。好吧，我在此交代，就是这个肤白眼大的小琳。

小琳从来不像其他女孩一样大大方方到我办公室来，也不和我亲近。我跟她说话，她就脸红，甚至可以红到耳朵根上。优点是她从来不用我操心，作业从来不会拖欠，而且字永远是板板正正的，纸张永远是干干净净的，就像她这个人，给人舒服、熨帖之感。成绩也很好，语文成绩一直都在班上名列前茅。所以，不用和她有过多的交往，似乎也说得过去，但是孩子展现给老师的也许就是个表象，她真实的一面就是水面下的冰山。

所以，家访的意义就在于此了，我要好好了解她。

到了这城镇的政府旁边的高档小区，穿过小区中心花园，往左一拐就是小琳家所在的楼。她家在五层。周六小琳去补习数学了（虽然明令禁止补课，但是有些家长那颗想让孩子补习的心是改变不了的）。电梯里颇有点尴尬，就我和小琳妈妈两个人，也不知道说些啥。在这尴尬中，到了小琳家。本以为家里装修很豪华，因为小琳的妈妈无论何时何地出现，都是精致的女人。没想到家里很普通，客厅空空的，一张布沙发，一台三四十寸的电视，一张小四方桌，仅此而已。人坐在沙发上，屋里显得好空旷。

"老师，我先带你看看小琳的房间吧！"小琳妈妈笑着说，她的脸如圆月，下巴又有点尖，嘴巴小巧，微微上翘，眼睛顾盼生辉，好看得很。如果把她比作古代的女子，我想应该是嫦娥吧，自带仙气。

"啊，我原本以为小琳长得很像妈妈，从这照片上看，还是像爸爸些！"我看着小琳卧室的床头柜上摆着的一张大大的全家福。

"是呀，老师，小琳更像爸爸，我早就说过，爸爸也是圆圆脸，五官也很分明！"确实，我又仔细端详了一下照片上那个抱着小琳的男人，浓眉大眼，戴着眼镜，头发浓密，五官很端正。

说真的，三年来，我没有见过小琳爸爸，班主任也问过小琳

上门记

妈妈,小琳爸爸在哪里工作。这不,小琳爸爸在相片里,端端正正,微笑着望着我。

"爸爸在柬埔寨工作,这几年因为疫情的缘故,一直待在那里没有回来。老师,我们很快就可以过去看他了。"妈妈笑着解释,我点点头表示理解。

"哎呀,我们小琳要是像爸爸就好了,千万不要像妈妈,一个做美容的,爸爸可是高级知识分子,学历高,能力也强!"小琳的外婆走了过来,身子轻盈,表情也很生动,虽然老了,但是可以看出来,年轻时比小琳妈妈还要好看。原来美是有基因的,我想了想。

"妈妈,别这么说了!"小琳妈妈瞟了她外婆一眼。外婆赶紧打圆场,对我说:"老师,我们小琳可是我带大的!她妈妈没怎么管过她,她前几天还抱怨妈妈,对妈妈说,你从来不教我数学题,所以去广州参加入学考试的时候,数学题一道也做不出来,都怪妈妈没有教!"这外婆,一点也不见外,跟人特别容易自来熟。她喝了口水,继续跟我说话:"我们小琳各种事情都是我带着做的。在幼儿园的时候还参加过讲故事比赛,进了决赛,到了市里,在全市几百个选手里,她得了一等奖,还拿到了唯一的最佳表现奖!"

"哦?是吗,你还有她讲故事的视频吗?给我看看?"我是带过小学生参加市里一年一度的讲故事比赛的,要想拿一等奖,那是难于上青天,高手太多了。就连我女儿参加讲故事团体赛,我花了几个月心血,她的《狐狸卖空气》也只拿到了三等奖,所以我听说小琳得了市里一等奖,半信半疑。

"啊,恐怕找不到了。"妈妈连忙回答我。

"你没有，我有！"外婆自信满满地拿出手机，翻阅着，很快就翻到了，"喏，老师，你看！"

我接过手机，看着视频里一个穿着麒麟娃娃服的小胖妞举着一个小麒麟头，伴随着鼓点，咚咚锵、咚咚锵，迈着戏曲的步伐，转了一圈，在舞台上站定，一个"喳"的精彩亮相，就让台下噼里啪啦鼓掌叫好。"大家好！我是麒麟娃娃小金娃，今天讲的故事是——"声音极为清脆，铿锵有力，仿佛是练过戏曲童子功的娃娃，吓了我一大跳，这是小琳？这是一开口就涨红了脸的小琳？啊呀，这舞台表现，这流利、清晰的表达，让我真有一种重新认识她的感觉。我反思，为什么娃娃上幼儿园时那么优秀，到了小学就失去了所有的光彩，真是罪过啊。我连忙说："小琳外婆，怎么不早点给我看这视频呢？真是埋没人才啊！我都有点难过了，为什么没有早点发现她呢？"

"老师，没什么啦。小琳不但讲故事得过全市第一，还参加过舞蹈节目《金麒麟》，这个节目是在中央电视台录的呢，孩子确实不错。"外婆笑着说，并不是在炫耀。

天哪，本以为是青铜，原来是王者。

为什么孩子每个阶段都在变化呢？从幼儿园时的众星捧月到小学时的湮没于人海，小琳的心态会有怎样的变化呢？我久久思索着。

第二天课间，我问小琳："原来你小时候那么优秀，为什么后来不表现出来呢？"

她害羞地一笑，脸瞬间红了："那是幼儿园的时候，后来我长大了，不想表现了，不好意思了。"

"可是，你是有光的啊，老师希望你不要埋没自己的光，到

上门记

了中学，还有以后的大学，该表现就要表现，听见了吗？"我疼爱地摸摸她的发梢。

她没有回答我，只是害羞地一笑，转身轻轻离开了，留下了谜，让她的"傻老师"站在讲台上想着，想着……

爱花的爸爸

"小柔妈妈,不好意思,我四点半到不了了,要迟一点点。"

星期六,本来要去学生小柔家里家访,约好的时间是下午四点半,但因为我读书太入迷了,读完《读者文摘》上的几篇文章,又读白先勇先生的《金大班的最后一夜》,一口气读完,我抬起头来,已经四点二十分了。我急急忙忙给家长发个信息,梳洗完毕,就去车库准备开车。可到了车库才发现,前一天晚上是坐丈夫的车回来的,车放在了学校,于是又跑回一楼,立刻滴滴叫车。我看了一下路程,上面写着25分钟后到达,于是发信息告诉小柔妈妈,说20分钟后到。谁知道一路上畅行无阻,只用了12分钟就到了小柔家所在的花园小区门口。到了门口,我发信息告诉小柔妈妈,我到了。小柔妈妈回复,让小柔下来接。等了大约五分钟,我有点急了,寻思着,是不是到达的地点有误呢?正在这时,远远地有一个披着长发的高个子女孩走了过来。哦,这就是小柔。

她走到我跟前,穿着家居服、拖鞋,很休闲的样子,跟平时在学校那个一丝不苟、严谨的她不太相符。于是,我一边走一边说:"小柔,我没见过你这副模样,很休闲哟。"她惊讶地说:"上次研学的时候,我就是穿的自己的衣服,你忘记了?"我不好意思地笑了,说:"研学的时候,那么多学生,我要关注全体呢,虽然看见了你,但没有关注你的穿着。"正说着,来到了电梯口。

上门记

  小柔按了 17 楼。我想，17 楼是个不错的楼层。很快，我们从电梯里走了出来，我左右看看，问："你们这里是一梯四户吗？"她说以前是，可是有两户已经不在这里住了，现在只有两家住。我笑了："变一梯两户了。"小柔用人脸识别开了门，有个年轻的女人赶紧迎了上来，脸圆圆的，眼睛特别大，皮肤白皙，个子不高，面容非常清秀。她的头发非常柔顺，扎了低马尾辫，前额右侧有一缕柔顺的刘海，长长的，遮住了半个额角，显得非常年轻。要不是看到同时出现的还有一个高个子女孩，那个女孩长得跟小柔一模一样，只是比小柔更白一点，也更秀丽一点，我肯定会以为开门的女人是小柔姐姐，其实她是小柔妈妈。

  "小柔妈妈，你怎么这么年轻？"

  "哦，不年轻了，我是 1983 年生人，40 岁了。"

  "真的吗？你看起来只有二十几岁，说你没结婚也可以呀。"

  小柔妈妈不以为然地摇摇头："我的姐妹都很年轻，有的比我年纪还大一点点，看上去像二十多岁。我不算年轻。"

  我还是很肯定地说："年轻！我只比你大几岁，可看上去比你老了有十岁。"小柔妈妈的脸上一丝皱纹都没有。

  小柔家是三室一厅，但房间都很小，客厅也比较狭窄，我想总共有八九十平方米。小柔妈妈跟我聊天："听说老师在写书啊，你有自己的人生理想真好。"我笑了，说："哎呀，写书也没啥，只是为了评职称。"其实我心里不是这么想的，但是你要是把自己的理想说得很高尚，就会让人觉得有一点好笑。于是，我选择了大众能认可的说法。小柔妈妈问了一下班上几个孩子的情况，如小伟、阿想现在怎么样。我说："阿想好多啦，不像以前。"然后我告诉她，阿想是因为家长给了他太多的期望，他压力过大，才有点崩溃的,不过已经过去了,现在很好。小柔妈妈深表同情:"对呀,不应该给孩子那么大的压力。我的两个小姑子,她们都很'鸡娃'。其中一个小姑子和姑爷,学历很高,小孩三年级就把小学的课程全学完,可以学初中的课程了。家婆经常在家庭群里面让我们向他们学习呢。看来这样不一定好,有利有弊。"我说:"是的,对孩子不要要求那么多,顺其自然会更好一点。有时候过早地拔高,可能智力上去了,别的问题就来了。"

"老师,早上我骑电动车送小柔去上学,然后去买点菜,中午就做饭,三个人吃完饭以后,我跟爸爸去深圳上班。"我感到惊讶,问:"去深圳上班?"她说:"对,我们开车只要50分钟就能到华强北。"哦,原来小柔的父母在华强北做生意。这华强北不都是做手机、电子商务之类的生意吗?小柔妈妈说:"之前,我们家在华强北有一个档口,可是这几年没有外商,生意不好,就把档口兑出去了;现在,我们在华强北有一个办公室,又有一些外商来订货了。这一年多,生意好多了。"

"我们大都做东南亚的生意。东南亚那边有些国家比我们穷,他们还是用那种老人机,不是现在的智能手机。"我随口插了一句:"那欧美的生意呢?""欧美啊,现在很少,今年只做了一单。"我又问:"那非洲呢?"她摇摇头,撇撇嘴:"非洲那边,都是那种最低档的货,卖不上价,杂牌。""小柔姐姐读初三了?"我又问,"姐姐读书有压力吗?"妈妈说:"压力可大了,之前姐姐的成绩非常好,到了初中却很难赶。班主任太年轻,好像不知道怎么管学生。有十几个家长联名去跟校长申请换班主任,但是校长不答应。还是你们小学好,老师都很负责任,班主任虽然换了三个,但是这几个班主任都挺好的。"我笑了笑。就在这时候,

上门记

我转头看到阳台上的二三十盆兰花,还有几盆文竹,就问:"这么多花?"我以为是小柔妈妈种的,小柔妈妈立刻说:"不是我种的,是我老公种的。我老公最喜欢养花。瞧,阳台全种满了。他可以从早上一直侍弄这些花草到晚上。每一盆花都要把泥土翻出来重新装。他买了好多肥料,各种各样的。来,我带你看看。"她带我来到阳台上。我看到阳台上果然有好多瓶瓶罐罐和肥料袋。她说:"我老公整天研究怎么把这些花草种好。"我心里想,真有意思,很少看到潮汕男人喜欢安安静静地坐在家里种花养花。这时,小柔妈妈提醒我:"看,阳台上还有一套自动灌溉系统,是浇水的设备。"她接着介绍,"这都是我老公自己在网上买来的,自己安装。有时候我们回老家了,花草没人照顾,他就用手机操作,给这些花定期浇水。"我一看,天哪,这功夫真细致,两排花架上都有小黑管,小黑管上每隔半米就有一个小小的喷头,太厉害了,难怪这阳台上所有兰花都开着,而且开得非常好看。有一种兰花,花朵像芍药那么大,非常娇艳。我随口问:"小柔爸爸不在家吗?"小柔妈妈说:"不在家,这几天有外国客户,他去陪客户了。"她要给我看看小柔爸爸的样子,打开手机相册,找到了照片,我一看,忍不住赞叹:"真好!"小柔爸爸看上去斯斯文文,很儒雅,鼻子上架着一副眼镜,个子很高,五官清秀。从外貌来说,应该是男子中的"帅款",穿着也很新潮。小柔妈妈一边看着我,一边说:"你别看我老公这么新潮的样子,他的爱好就跟个老头儿一样。"我也笑了笑,真不能以貌取人。

我突然想到了一个问题:"你们是潮汕哪里的?""我们是汕头市的。""哦,汕头市的。"小柔妈妈摇摇头:"汕头的经济比这里差,要是经济好的话,大家也不会去大城市发展。就吃的东西还好,我们潮汕很多好吃的,在老家做吃的生意才做得下去。"我说:"讲到潮汕小吃,就想到手打牛肉丸。"小柔妈妈连忙说:"我们家都不吃牛肉,信佛,佛经有诫,牛肉不能吃。"我点了点头,又问:"相对来说,潮汕人有一点点重男轻女,那你们家……"小柔妈妈很实在地说:"说实话吧,老人家还是想要男孩。我们回老家,他们也会说,要不再生一个弟弟,可是老公不想,他说两个女儿就好了。还好啦,老师,因为夫家在城市里,思想还是开明一点的。"我点了点头,看样子也是。小柔和她姐姐过得很优雅,备受呵护,颇有大家闺秀的样子。

快要离开的时候,我提出来:"小柔,我看看你的房间好吗?"小柔说:"好啊。"原来她早就有准备了,房间打扫得干干净净,从窗口看外面的景色一览无遗,视野特别开阔。房间里放着一张高低床,床边有一个书架,书架上摆满了书,书桌非常精致。乍一看,像古时候小姐的绣房。我赞叹:"这房间真好!"小柔妈妈说:"我们原本不住这里,投资小超市失败,在别的城市有一套房子,为了还债,就把房子卖掉了。虽然赚了100多万,但都抵亏空了。"她笑着肯定地说,"老师,这个时候是买房子的最好时机,房价很低,有许多人急售。"我笑着点点头:"是呀,是呀。"心里却想着,呀,不买房了,人能住多少房子?不过睡觉占一张床罢了。

谈话很快结束了。小柔妈妈和我道了再见,让小柔去送送我。哦,忘了说了,颇有一种感觉,家访就像是她又完成了一个项目,又面谈了一个客户。

路上,我问:"小柔,爸爸妈妈应该挺喜欢你的吧?"她说:"是。"我说:"像你爸爸这种性格,喜欢养花,他很喜欢跟你

85

们开玩笑吧？"她笑了。她本来是一个很端庄的女孩，平时没有过多的个性表现。我见过很多潮汕女孩都这样，规规矩矩，一丝不苟。小柔就是这样一个没有过多情绪的女孩，身板很直，脸上的表情很少，头发梳得干干净净，衣服熨帖，所有事情都做得妥帖。听到我问爸爸是否喜欢跟她们开玩笑，她咧开嘴笑了，笑得好美："是呀，爸爸最喜欢跟我和姐姐开玩笑，总是逗我们。"我笑着说："爸爸生两个女儿，肯定是因为爸爸太爱花了。还记得《城南旧事》吗？林英子的爸爸有五个女儿，陈家伯伯就说，老林，你这样喜欢花，所以你太太生了一堆女儿。看你爸爸这么爱花，老天爷也给他两个如花似玉的女儿。"小柔听到这儿，捂着嘴笑了。

我们两个走到小区花园门口，外面的景色真好，夕阳照着远处的青山，一派开阔的气象。夕阳是金黄色的，富有层次变化。山翠绿翠绿的，一条干净的大道伸向远方，我俩被温柔笼罩着……

敬老院男孩——小恒

"记住,我家住在敬老院旁边!"小恒大方地邀请我去他家。

"敬老院旁边?好的,我很熟悉!"我有点诧异,但又有种亲切感,丈夫的两个姐姐都在敬老院里工作过,一个做财务六七年,另一个照顾老人十几年。我也曾经是敬老院的"常客",但随着丈夫调到外镇,以及姐姐们离开,我差不多有十几年没去过敬老院了。

快到敬老院门口,我正在旁边寻找着男孩的身影,谁知道一个男孩从敬老院里奔跑出来,扬起手招呼,原来就是小恒!停好车,我问:"小恒,你在敬老院里面,不是旁边?""是的!我在敬老院里面,从小在这里长大!""哦?那你的父母在哪里?"我感到好奇。

"妈妈就是这里的工作人员,爸爸之前管租房子,由于这两年房子不好租了,他没有事做,今年也来敬老院做事了。"他说话很快,表达很流畅,也很"自言自语"。

"你从小在这里长大,那你也陪伴过这里的老人了?"

"当然!我是这里的志愿者,经常做志愿者的工作!"他颇感自豪。

这一点我信,因为三年前我接手这个班,第一天问谁可以留下来搞卫生,或帮老师去搬书的时候,小恒是第一个举手的,他

上门记

乐在其中，不怕苦累。后来的交往也证实了这点，他把为大家服务当成了最大的快乐，因此，一有重活、脏活、累活，他都主动留下来。难怪！这得益于他的成长环境，他在敬老院长大，而且是"小小志愿者"，当然有这种乐于助人的精神。

"老师！欢迎您！请进我家吧，在五楼。"一个微胖的矮个子女人从一栋楼里走了出来，径直朝着我走来。走近一看，笑容可掬，五官端正，这是小恒妈妈。她和我走了几步，突然说："不上五楼了，还是就在我的办公室里家访吧！今天我要值班。"办公室在一楼，家在五楼，倒也没什么，我默许了这种做法。只是小恒不太满意，嘟囔着说："还想让老师看看我的房间呢，都收拾好了。""没关系啊，在这里家访也挺好的，要照顾你妈妈的工作啊。"我连忙安慰他。

妈妈打了一个电话给爸爸，很快，爸爸从五楼下来了。他身材魁梧，看起来不太高兴，有些木讷，应该是性格就如此吧。他没什么话说，都是他妻子在和我友好交谈。唯独讲到小恒的皮肤的时候，他会激动一下："唉！因为皮肤过敏，他天天抓，我带他看过了不知多少医生，吃过不知多少中药，这些年太难了！"

确实，小恒哪里都好，大方、爽朗、热情、自律，但是这么优秀的孩子，老天爷要给他一点"烙印"。他的皮肤天生不好，浑身上下长了很多红色的小疙瘩，奇痒难忍。小恒抓得自己体无完肤，父母带他看过无数医生。他说："老师，现在喝中药，我都没有任何感觉了，喝到麻木了！唉，我来到这世上，真是受了不少苦啊！"听到他发出这么老成的感叹，我又想笑又想哭。这孩子，不知道遭了多少罪啊。

"幸好去年看对了医生，老师你看，他脖子上、手臂上，还

有肚子上的疙瘩都不见了……愈来愈好了！"妈妈笑着说，"小恒，你会完全好起来，妈妈有这个自信，只要找对医生就好了！你是幸运的，找到了。"

小恒点点头："是的，我知道，现在确实好了一大半，很快就会全好了。"

"小恒妈妈，你只有一个孩子吗？"

"不，小恒还有姐姐，在市里的高中就读。"妈妈提到姐姐有点自豪。

"老师！"小恒像个大人一样，粗声粗气地摆摆手说，"我姐姐是'学霸'，我是'学渣'。"

"你说的什么话，你也可以当'学霸'！"妈妈连忙鼓励他。

我笑着说："'学渣'——那肯定不是，老师不承认。只不过，姐姐是'学霸'，说明你也可以当'学霸'，你们有共同的基因嘛，加油！"

他点点头，像个大人一样正襟危坐，背挺得直直的——不知怎么，我想起了古时候大户人家的厅堂，厅堂里横屏下坐在八仙椅上的男主人。

只不过这位男主人有点话多，话多的背后就是不太自信，而不太自信的源泉恐怕就是纠缠他多年的"痒症"。

有时候，一些天生的顽疾是来磨炼心灵的，让人在生性敏感的同时拥有悲悯情怀，比如志愿者小恒，他常年陪伴老人，并能以此为乐。

你小时候有天生的顽疾吗？

嘿嘿，其实我也有，但在这里不告诉你。

"小妇人"

快五点半了,我还在忙碌着,小静耐心地等着,今天我要陪同小静回家,顺便做一次家访。

小静——前面有过交代,她虽然叫静,个子是班里最矮小的那个,但是挺有个性的,有不满会立刻说出来。小静总是坐第一排,讲台底下的她皮肤黝黑,看上去很像岭南女孩。

"小静,我们可以走了,不好意思,都没有时间跟你说话。"

"我以前只知道你忙,"小静淡淡地说,"没想到这么忙!脑子里同时要想几件事,在忙一件事时还有另外很多事情要思考似的。"

"哈哈,这个形容很恰当。"

小静是坐公交车回家的,所以,我坐公交车的体验又开始了。站在公交车站台等,前方红绿灯那头有辆黄色大巴要过来了,小静踮起脚尖,伸着脖子,说:"我看看是不是709路公交车……"

准备上车时,我逗她:"小静,你帮老师买票啊。"

"啊?不行,我只有一元钱。"她稍显窘迫。我笑了,说:"逗你的,老师可以扫码。"我下意识地打开钱包,竟然找到了两元钱,我惊喜地大叫:"哇!太好了!有两元钱。"小静笑了:"这也叫太好了?"

我有点愕然地看着她,觉得她身上有什么东西是别人所没有

的，但又说不出是什么。

公交车经过一条巷子，路边有不少菜摊，车速慢了下来。她凑近我，让我看。

"小美，老师业余时间去摆摊，好不好？"我是真的想体验生活。

"不好，"她连忙摆手，着急地说，"摆摊没有你想的那么容易，不一定能挣到钱，而且有城管来抓。"

我本以为她会支持我，就像我女儿听到后立刻说好一样，没想到她不但坚决反对，还说了一番理由，似乎很有道理。这个小静，哪里像学生，明明就是个小社会活动家。

到了她家小区外，还得通过一个小巷子，巷口边有卖牛杂萝卜、豆腐干等小吃的推车，我请她吃一碗，两人都坐了下来。

"小静，你父母是做什么的？"

"我爸爸开公交车，妈妈在工厂做事。爸爸妈妈都很辛苦，尤其是妈妈，早上六点五十分出去上班，晚上要十一点半才能回来。"

"现在工厂的生意不是都不太好吗？好像没什么订单吧？"

她又凑近了我耳边，怕人听见似的："老师，这家外资企业订单多到不行！所以我妈妈非常忙，很辛苦呢！"

"哦，那加班多，工资也多啊，不是挺好吗？"

"才不是呢，妈妈一个普通工人，再怎么累也就一个月五六千，哪里算多？"她无奈地说，突然又想起了什么似的，"老师，我在网上看过年收入排行榜，收入500万到1000万，超级富裕；100万到500万，说是富裕。我家不太好，您呢，年收入有10万吗？"

"呃——"我没有想到她会提这个问题，迟疑了一下，"差

上门记

不多吧。"

"那也只是中等，比我家好一点点。"

"是呀，我家只是中等。"没想到小静把我家排了个"位置"，让我若有所思。

"老师，别难过了，不管怎样，您家一个当老师，一个当警察，已经很好啦。"我在课堂上偶然提到过丈夫的职业，她竟然记住了。

"老师，你的包是迪奥？"

"哈哈，不是吧，什么迪奥不迪奥的，两三百元的包，你怎么懂这个？"

"咱们班都懂，两三百元肯定不是真货，告诉你一个秘密，嘘，别说出去了。"她又凑近我，压低声音说，"班上开始讲名牌，哪个同学的鞋是什么牌子，要几百元什么的，我这双也是牌子，对吧？"我连忙低头去看她的运动鞋，还没有看出是什么牌子，她又神秘兮兮地说，"鞋子不是正品，在拼多多上买的，才几十元，嘿嘿。"说完，她眨眨眼。我忍不住笑出来声，这太好笑了，小小人儿鬼点子多。

"小静，班上你和谁最要好？"

"小萱啊，我去过她家。她住在这个城镇最好的小区之一，花园好大啊！要不是她出来接我，我肯定会迷路，小区最里边还有一座大山！啧啧，不像我家，出门就望到头。"

什么乱七八糟的，这小静，表面看上去温温柔柔，原来那么多奇奇怪怪的比较。

吃完了，我俩往巷子里走，经过一个蛋糕店，我随口问："小静，这蛋糕店就在你家旁边，你会经常光顾吧？"

"光顾？那可没有！这个蛋糕店里的东西很贵，一包小蛋糕

仔要5元！太贵了！我只去过一两次。"她愤愤不平地说。

"5元一包蛋糕仔，还好吧，不贵。哦，你们喜欢我吗，喜欢语文课吗？"

她不说话了，停了几分钟，说："老师，我告诉你，有时候很好，有时候你批评我们，会错怪我们，那我们就很难受了。有一次，同桌和后面的人讲话，我转头去提醒他们别讲话，可是你偏偏那时候看见了我，就让我不要讲话，还走过来大力敲了一下桌面，狠狠批评了几句，我心里难受死了，整节课都有点难受。下课告诉你，你说，啊，错怪你了！可是为什么不一开始就弄清楚呢？被误解是很痛苦的。"

她的这番话勾起了我的回忆，确实有过么一回事，但是我忘干净了，却深深扎根在她心里。

到了她家，大人都还没有回来，我看着她熟练地给来客端了一杯水，然后开始做饭、收拾阳台上的父母的衣服，还拿水果来招待我……总而言之，这是个非常独立、能干的小家伙。阳台上有个立架，架着一块小黑板，黑板上用粉笔写着各种事项的"备忘录"，比如买板蓝根冲剂，周六要上网报名，等等。我问："小静，谁写的？""我，提醒自己别忘了。"小小个子的她简直就是一个标准的"小妇人"。

坐了不到半小时，我起身告辞，她送我，顺便去楼下丰巢拿快递。

她一边走，一边嘟囔："班里的同学都很羡慕卓男，因为她家住别墅，去过的人都说好大，还有篮球场呢。可是卓男说这有什么好羡慕的，谁家不住别墅？她怕是根本就不了解情况，要是每个人都住别墅，就不会有那么多烦恼了。"

"你有什么烦恼?"我又好气又好笑。

"买东西要省钱啊!她买东西估计不用考虑价格吧,还不是想买就买?"她想当然地说。

我笑着摇摇头,想说什么又没说,只是说:"再见了,小静!你取完快递早点回家。"

班有"小黄蓉"

"老师，去我家！去我家！"阿莹坐在第一排，拼命举手。

我告诉同学们，因为快要放假了，班上虽然还有部分同学，我没有来得及去家访，但是这三天还有时间，每天去一家，愿意让老师去的，举个手。没想到阿莹快速响应："老师，你去我家，我等你好久了！"我以为她是说着玩的，因为她以古灵精怪、爱捉弄别人在班上出名。虽然她是个女生，个子最小，但是就连后排最高大壮实的男生都不敢惹她，看到她都有些胆怯。阿莹就有这个魅力和魄力，因为她太聪明和坚韧了，玩游戏第一，打篮球也是女生中的第一，说话像机关枪一样，逻辑思维超强，辩论也是第一。你说，这样的女生是不是自带气场，与身高无关？总之，我看到她，也很服气。

第二天，阿莹又开始热情邀请："去我家吧！"我问了一下她家有谁在，她说妈妈要开会，因为妈妈在政府部门工作，有临时任务是走不开的。我问，那爸爸呢，她说爸爸在。她见我犹豫，说："爸爸在，老师也可以家访啊！"我想了一下，还是摇摇头，说等她妈妈在家再去。有次爬山的过程中，遇见过阿莹一家四口，她爸爸是个不怎么说话的人，似乎有"社交恐惧症"，妈妈却是什么都能聊的开朗性格，于是听说只有她爸爸在家，我就打起了退堂鼓。

上门记

第三天,我问阿莹妈妈:"今天去家访,可以吗?"她妈妈说:"好啊,正好今晚有空。"我们约好六点半,结果"人算不如天算",学校要开会,等会议结束已经六点半了,而我在七点到九点之间有一个线上论文写作的培训课程。我试探着问:"阿莹妈妈,要不我们另外约时间?周四?如果今晚过去,您就要等我了,可能会晚一点。""没关系!老师,九点也可以,因为我担心周四又有公务。"我欣然应允。

晚上九点半,我才开着车在导航的指引下来到终点,目的地在一条胡同底,前面是一堵墙,我有点蒙。就在这时,我正疑惑不解地望着周围,"欢迎您!老师!"阿莹妈妈出现在胡同的另一个方向的尽头。我把车停好,跟着她往前走十几步,再往左一拐就到家门口了,原来这里是别墅区,阿莹家是一栋大大的别墅。走进铁门,非常宽敞,前院面积有二三十平方米,但由于是晚上,我也看不清前院里有什么,只模糊看到有几棵高大的树,树影婆娑。

来到玄关,我换好鞋子,走进去,哇!好大的厅,好高!相比之下,客厅前方的60寸电视机,显得好小,跟整个客厅的比例不协调。

我问:"你家有三层吧?"

"不是,四层。"阿莹妈妈轻描淡写地说。

阿莹妈妈告诉我,阿莹等了我一个晚上,总是跑下楼来问,老师怎么还不来呢,过不了十几分钟,又跑下楼来问,老师还不来呀?我连忙说:"啊呀,太不好意思了!抱歉抱歉!"阿莹妈妈朝着楼上喊:"莹,老师来了,你现在倒是不好意思下来了?快下来!"不久,阿莹从二楼下来了,她忐忑不安地走在旋转楼梯上，还是穿着校服，但是换了一双纯白的过膝袜。有趣的是，袜子的背面有一个大大、长长的蝴蝶结。真有意思，这个阿莹，估计在楼上捯饬自己呢！我忍不住笑着对妈妈说："瞧，她多么爱美，袜子好特别！""老师，她自己挑的，在网上买的。"

"哦？会用软件自己买东西？"我朝着阿莹说。

"是呀，是我自己买的。"她平时在教室里"从不畏惧"，今天老师上门，她就变得"文静端庄"，让人怪不适应的，我差点笑出声。"阿莹，老师知道你很美，就是个臭美女孩，对不？"我逗她。要是在平时，她肯定扑到我的身上，叽叽喳喳地大声说："是呀，我就是臭美，老师，你自己不也臭美吗？"可是，今天的她异常安静，竟然只是腼腆地笑笑，反应迟钝地点点头。这家伙，原来也有这种时候。

她平时学习是很会偷懒的，不爱听课，不爱一笔一画做作业，思维不跟着老师的讲解走……平时的小练习小测试啥的，她都是 B 或 C，但是一到期中期末重要的测试，她就会"发愤图强""呕心沥血""悬梁刺股"。复习几天，她竟然能够打败班上大部分对手，稳稳地拿个 A 或 A+。你说她是不是个小机灵？记得有一次上游戏作文课，小组对抗赛，玩"我做动作你来猜"，她小小的个子，竟然敢带领一支队伍，打败一支又一支队伍，凭借她的反应敏捷和口齿伶俐，带领小组获得冠军。就是那次，让我见识到了她的组织能力和策划能力，只可惜大部分时间她都流连于玩闹中了。不过，我们怎么能要求"黄蓉"——"桃花岛"上"黄岛主"的宝贝女儿循规蹈矩？

阿莹妈妈说："老师，我还有个儿子，他在私立学校读书，寄宿制，周末回来。"

上门记

"哦？那么小，你们放心吗？"看着这么宽敞、明亮的别墅，我突然觉得那个去私立学校寄宿的孩子有点"可怜"。

"没有没有！我儿子很喜欢，也很适应那里的教学，甚至喜欢到有一次从床上摔下来，他却说，妈妈，一点事情都没有，我抱着被子爬起来又睡着了……你看，他是多么喜欢那里。"这时候，妈妈转头看见阿莹坐在单人红木沙发上一动不动，斯斯文文，怪安静的，她诧异地问："你怎么了？都不像你平时的样子，你平时伶牙俐齿的，反驳我们又快又狠，今天怎么反而像客人了？哈哈哈……"妈妈讲着讲着，忍不住笑了。当然，阿莹没有笑，她是真的很紧张，双腿并拢，拘谨严肃。

为了岔开话题，我说："阿莹，你长得很清秀，但是皮肤有点黑，好像不像妈妈哟，妈妈的皮肤那么白！""也不像爸爸。他爸爸的皮肤比我还白！"妈妈立刻抢着说。确实，我想起了那次碰面，阿莹爸爸确实很白。

不知不觉，时间有点晚了，我提出来要去看看阿莹的房间。妈妈带着我来到二楼，她告诉我："这个房间本来是奶奶的。你看她这么大了，还要跟奶奶一直睡，直到去年，我才想办法让她独自睡觉。她胆子很小，不敢一个人睡。"哟，黄蓉姑娘竟然"怕鬼"，哈哈，这也是新鲜事。

在二楼的休息厅，我发现了两台古筝，一大一小，很自然地问："阿莹，你弹古筝啊？几级了？"妈妈笑呵呵地说："才不是她呢，是我儿子弹。""啊？读三年级的小男孩弹？"

"是呀，我也不知道是为什么，我叫他学别的，他都不肯。我让他学钢琴、架子鼓，他都把头摇得像拨浪鼓。有一次，他听到古筝曲，就提出要学习古筝，坚持到了现在。""他会弹曲子了?""会呀,还弹得挺好的!"我真是第一次遇到这种情况,不禁笑了。

我要告辞了,阿莹站在别墅门口,大大方方地跟我说:"老师,再见,晚安!"然后再向着妈妈挥挥手,"妈咪,晚安!"

妈妈一边送我到停车的地方,一边愉快地称赞:"我这女儿,每天晚上都要跟我道晚安。有时候我们睡觉了,她也会轻轻推开门,小声地道晚安后才回自己的房间睡觉,从小到大都是。"

我想,有教养的孩子才会这样坚持吧,而家境优越才能让她如此优雅从容,阿莹是个幸福的孩子。

我是姐姐

"小雨，今天老师去你家家访，好吗？"我有点小心翼翼。对于那些很安静很乖巧的女孩，尤其是像小雨这样用一双纯净的眼睛望着我的女孩，我实在是不好意思语气太重。

"嗯。"又是轻轻的，小雨实在是太安静了，安静到几乎没有任何情绪，你看不到她生气和愤怒，更看不到她委屈和伤心，永远都平静如水，究竟是天生如此，还是后天的环境所致？我也不知道。

大约七点半，我开车来到了"城中村"。这城中村从外面看，看不出什么，被高楼大厦遮掩着；走进去，才看见里面是有个小小的世界——各种卖小吃的，热气腾腾的样子，路边人们摆着蔬菜、鸡蛋叫卖，各种低矮的房屋，一看就是八九十年代的老房子，挨挨挤挤又毫无章法。开着车，几乎是擦身而过，我有点紧张，生怕压到路边摆在地上的菜。

终于到了一个房子前，我停了车，开始拨打电话："小雨妈妈，我到这个村了，你在哪里？"

"老师，稍等，我们就来了！"

没几分钟，我看到一个穿着朴素的40多岁的女人领着小雨过来了，显然是小雨妈妈。走近了，发现她满脸堆笑，也是一双明亮如玻璃的大眼睛，但是眼睛之外的地方很多皱纹，看上去有点憔悴，头发随意扎个马尾。小雨妈妈倒是很健谈："老师，欢迎你！我家就在前方，你跟着我们走。"她的主动和昂首挺胸的样子让我感到了一种从容和自信。

"小雨妈妈，你们是本地人吗？"

"是啊！我们就是本地的，这个村的。"说是村，其实在南方发达城市，随便一栋房子都价值几百或上千万，所以，她说是本地的、这个村的时候，我也感受到了其中的隐隐自豪。

打开一扇铁门就是楼梯，往上走的楼梯，我们绕过一楼、二楼、三楼，最后在六楼停下，六楼的门口又是一道铁栅栏，下面的楼房显然全是出租房，给城中村的外来者住的。正当我这么想的时候，小雨开口了："这下面住的都是租客。""哦！都租满了吗？""都租满了。"小雨轻声说。看来这个小家庭的情况还好。

进了家门，发现他们在吃晚饭，爷爷已经吃饱了，看见我打了声招呼就出去找朋友聊天了；奶奶也点了个头，忙着在客厅一角收拾着什么；爸爸一直坐在桌前吃着，也不怎么看我；妈妈倒是爽朗得很，让我坐在木沙发上，剥开一个香蕉，塞到我手里。她对我说："小雨爸爸等会儿要出去工作了，所以他要抓紧时间吃晚饭。""哦？爸爸是什么工作？""他是在接送站接送小孩，就在你们学校的私人机构里，别人请他做事。唉！没办法，也没几个钱。"我有点诧异，很少见广东女人当着丈夫的面这样说话，但是小雨妈妈明显有种底气，她说话带着笑，小雨爸爸听见了也好像没有听见，继续默默地吃着。

"哇——哇——"突然，一阵婴儿的哭声传来，我转头望向阁楼。"妈妈！弟弟醒了！"一个八九岁的小女孩抱着婴儿从楼上走下来，走得特别快，她很瘦弱，吓了我一跳，我生怕婴儿摔了。

上门记

可是看妈妈和奶奶的表情,很轻松,习以为常的样子,我更纳闷了,这小姑娘是?

"老师,这是小雨的妹妹,读三年级。小妹,叫老师!"

"老师好!"小姑娘并没有把注意力放在我的身上,"妈妈,弟弟好可爱,我要带弟弟玩!"妈妈笑盈盈地用赞许的目光看着她,大致是说好,小姑娘就带着弟弟去了客厅侧面的房间。我坐在座位上,刚好看得见房间的一部分。她把弟弟放在床上,然后"咯咯咯"地逗弟弟玩,弟弟也手舞足蹈、咿咿呀呀的,看样子很兴奋。

我转头看看小雨,她依然是面无表情的样子,只是发觉了我的注视,就不自在地眨了眨大眼睛,抽了抽鼻子。

我心想:这孩子,怎么跟妹妹的性格完全不同?

就在这时候,小雨妈妈又开始讲话了,她是一分钟也不闲着,噼噼啪啪像爆豆子一样:"老师啊,你看我有三个小孩,是不?唉,本来生了妹妹就不想生了,但是公公婆婆不答应啊,想要个儿子,这不,中了。"她又悄悄把声音压低,"现在我的日子好过多了,还不都是……"她眨眨眼,让我自己领会。

这有趣的女人。

"小雨妈妈,小雨很安静,平时都没有任何情绪,太安静了一点啊。"我想步入正题。

"是呀!我这个大女儿,就是太安静。也怪我对她要求特别严格,那时候让她学书法、学舞蹈、学美术,还让她参加过小主持人班呢,第一次做父母,恨不得孩子什么都会!"她虽是普通村妇,但讲话逻辑性还是很强的。你知道吗,有一种人就是这样,并没有多少书面表达的本领,但是他们的口头表达能力是许多书面表达能力强的人远远比不上的,小雨妈妈显然就属于此类。

"后来我生了妹妹,妹妹的性格很活泼、大胆,甚至有点泼辣。我对妹妹的要求也不那么严格,随便她学成什么样,学习基本上是七八十分(那时还是分数制)。也不知道怎么回事,这大女儿越发内向,越来越不吭声了。"

"因为……妹妹总欺负我嘛……"小雨此时突然插了一句嘴,声音依然是弱弱的。

可是妈妈根本没有去听这个家里的大姐姐说了什么,依然自顾自地跟我聊着,聊她现在的工作,聊她娘家的哥哥。小雨的舅舅好像都很有出息,都是公务员,或在事业单位工作。

我环顾一下这六楼的装修,显然很旧了,屋顶还掉皮了。小雨妈妈注意到了我的视线,笑着说:"很旧的装修了,可是因为要带孩子,这些年来不停地带孩子,我也没有时间去重新装修,嫁过来是怎样,现在还是这样。咳,这装修!"我笑了笑,没说什么。

从小雨家走出来,小雨妈妈让她送我下楼。

我牵着温热的小手,问:"小雨,喜欢弟弟吗?"

"喜欢弟弟,但是不喜欢妹妹。"

"为什么?"

"她老欺负我。"

话很少,我叹了口气,确实是小妹太灵活,太懂得察言观色了,这小雨有点难,与其争执,不如沉默是金。

温和父亲和蝴蝶女孩

约了几次，终于定在周日这天去家访了，因为阿心的妈妈肺部感染了，天天咳嗽，导致肺炎，需要住院治疗。周日这天上午，我发信息："阿心妈妈，您好，您好些了吗？如果方便，我下午去您家家访？""可以，欢迎您，老师，我家住这里……"阿心妈妈不但立刻回复了，而且发过来一个位置共享，我想当然地认为她的病好了。

车驶进阿心家所在的小区，我远远看见一个穿着白色泡泡袖衬衫、黑色百褶背带裙，梳着齐耳短发的小姑娘在等我。是阿心！她斯斯文文，大大方方，跟小区里的其他孩子截然不同，有种艺术气质。

"老师，您来了！"她像一只小鸟，又像一只蝴蝶飞过来，迎接我。

"车停这里吗？"我打算停车。

"不，我家楼下有停车坪。"她连忙摆手。

她在前面飞呀飞，我在后面慢慢跟着，终于到了她家。妈妈在楼下等着，伸头望着，显然她首先看到了阿心，笑眯眯地搂着她，然后看到了我的车。等停好车后，她带着我走进楼道："老师，不好意思，没有电梯，是楼梯房，五楼。"

"没关系，爬爬楼梯挺好的。"我笑着说。

爬到四楼,妈妈停下来喘息,随即传来一阵急促的咳嗽声,我转头担忧地望着她。

"没事,老师,我今天上午刚刚出院。"

"啊?才出院,那真是不好意思,不应该这么早过来打扰……"我感到非常抱歉。

"没事,老师,住院也是吊盐水,现在一个疗程过了,不需要吊盐水了,医生开了药,可以回来吃。"她的脸色很苍白,仔细看,确实是大病初愈的模样。

"咚咚咚——"阿心敲门。

"啊,欢迎!妹妹,说欢迎老师。"一位瘦高、戴着厚厚的眼镜、圆脸、皮肤黝黑的男子,抱着一个两三岁的自然卷小姑娘,望着我。

"这是——"我迟疑了一下,不敢说是阿心的爸爸,因为怕说错。

"老师,这是阿心的爸爸。"妈妈喘着气介绍,"请您坐这里,吃点水果。"我坐在布沙发上,望着前面的茶几,茶几上摆着两盘水果,有荔枝、蓝莓、圣女果等。

"阿心是个好姑娘,很乖巧可爱。"我望着她,忍不住夸。阿心从小学古筝,坚持到六年级,很厉害,考过了七级。平时在班上,她都很温柔,绝对不会发火。

"啊,老师,您别夸她,也许她在学校是这个样子,但近来在家里有点叛逆了,总是反驳我们,可能是叛逆期到了。"爸爸坐下,搂着妹妹说。

"唔……老爸……"阿心坐在我身旁,轻轻噘起嘴巴,但脸上丝毫看不出生气的模样,她撒娇,"我哪有不听话嘛,老爸——"然后飞过去一个嗔怪的眼神,背依然优雅地挺直,一看就是有"艺术范儿"的孩子。

这撒娇是浅浅的，又是很自然的，让人觉得非常舒服。

而爸爸呢，戴着厚厚的眼镜，一双大大的眼睛瞪着我们，如果不看眼角和额头的皱纹，你完全可以想象他当年刚大学毕业的模样，尽管面前坐着个六年级的大女儿，手里抱着个读小班的小女儿。

我不解地问："阿心爸爸，你是哪里人？"

"陕西的。"

"好远啊！陕西人到这里来，挺少的。"

"以前是在部队里做事……"他推了推眼镜，似乎不想说太多，"后来，十几年前吧，就来到了这里，现在在隔壁镇的公司里做事，机械之类的设计……"

好吧，我不问了，就对妈妈说："你也是陕西的？"

"不是，"妈妈虽然脸色苍白，但掩不住一丝自豪，"我是江苏的。老师，您讲过《竹节人》，我们从小就是玩竹节人长大的！"

"是啊，我给她做了一个竹节人。"阿心爸爸说，"那小区后山有许多细竹子，我们折了几根，回家做了好几个呢，有单个的，有对打的……阿心很喜欢。"

我恍然大悟，难怪他们把女儿培养得那么温文尔雅，难怪阿心在学《竹节人》这一课时，带来了父母做的竹节人，并且能够在课堂上耍得有模有样。一向安静内敛的她在那节课上，表现出了少有的大方和自信，台上的她在耍弄竹节人时笑容满面。原来，这些都是刻在她的成长时光里的文化基因。

我环顾屋子四周，到处都是公仔，各种粉色调，就像童话王国一样。我想了一下，跟以往不一样，没有要求去看看阿心的房间，只是说:"阿心,你不是要给老师弹古筝吗?"

"啊,老师,手指拨片没有带回家,在老师那儿。"阿心连忙说,并用咨询的目光望着妈妈。

阿心妈妈无奈地笑笑,低头看了看手表。

我准备告辞,阿心妈妈也没有过多地挽留,抱歉地说:"不好意思,老师,四点半阿心要去学琴了。"

"老师,留下来吃饭吧!"爸爸搓着手,有点局促地说。他真的只是个被岁月侵蚀的大男孩,多么像刚毕业的大学生。

"不了,谢谢!今天打扰了。"

"老师,把这个带上!"妈妈连忙要给我一盒粽子。

"不用了,谢谢!家里还有很多粽子。"我摆摆手就下了楼。

爸爸和阿心跟在后面送我。

当我发动车的时候,阿心拎着粽子站在旁边,伸出手,温柔地望着我,仿佛在说:"老师,您拿着,好吗?"

想了想,不为难这个娃娃了,我打开车窗,接过粽子,说:"好吧,替我谢谢妈妈,到时候老师用另一种方式回赠你礼物吧!"

"老师,再见!"她穿着白色泡泡袖衬衫、黑色百褶背带裙。

"再见!蝴蝶女孩。"我轻声说。

心中有个广阔的世界

说起阿垚小姑娘,谁都会竖大拇指吧——家教好,修养高,成绩好,智力佳,爱读书,有深厚的古典诗词积累,从小能背《道德经》《三字经》《论语》等。她很自律,从四年级到现在都是一丝不苟的。

但再优秀的孩子,老天爷也会给点缺点——

阿垚小姑娘非常害羞,害羞到不能正常地和长辈打交道。

她见到我,能躲就躲,不能躲就低着头,不停眨眼,抿着嘴,抿得紧紧的,仿佛在"坚守一个秘密",用表情告诉你:我是绝对不会开口讲一个字的!我啼笑皆非,因为以她的优秀,完全有资格在大伙儿面前"趾高气扬",可是"无知者无畏",反之也就是"有知者多畏",所以她在我面前是局促不安的,似乎连呼吸都怕声音大了。这种状态从四年级持续到六年级,让我想笑又想摇头,这孩子,真是遵循"能量守恒定律"啊!最优秀的娃娃有最大的弱点,啥时候能够坦然面对、不卑不亢呢?

每天,她都会和班里的小瑾手牵手,肩并肩,偷偷来到我办公室的后窗外,装着若无其事,好像是经过此走廊一样,其实是为了看看我。一旦我转头望向窗外,两个娃立刻"嗖"地加快速度,消失得无影无踪。本来我也不知道她们是为了看我而来,是阿垚的妈妈告诉我的。她是学校的语文老师,和我同级,她看到我就笑呵呵地说:"老师,真是不好意思,我家阿垚每天都去偷偷看您,回家就激动地告诉我,今天我又去看了舒杨老师,幸好舒杨老师没有发现……您看,这孩子,用这样的方式表达对您的崇拜和喜欢,太抱歉了。跟她讲过多次,直接大大方方地进办公室看看舒杨老师,不要在窗外偷看。唉!这孩子,就是太害羞了……"你看,阿垚就是这样,三年来,用这样的方式,表达对老师的尊敬。

尽管这样并不好,但是我想了想,还是尊重孩子的个性,有些事要让时间去改变,不必催,自然而然就会好起来。

"老师,您到了吗?我到小区门口接您。"阿垚妈妈小朱老师发信息给我。

"到了!看到你了。"

"您把车停在那边吧,如果不行就停在草坪上。"看到我和朋友驾车而来,阿垚妈妈开始为我们的车找停车位。

"四楼,是楼梯房。老师,这个小区很老了,但是因为离大润发超市很近,而且阿垚爸爸回家也很方便,就在国道旁,所以就买了,我们已经住了十几年。"小朱老师跟我们解释。她是个很和气的人,脸上常常挂着笑容,待人真诚,知书达理,在学校颇受欢迎。

推开门,意料中的阿垚在客厅等着的场景没有出现,她躲在自己的卧室,妈妈叫她:"阿垚,舒杨老师出来了,你还不出来?"她才很不好意思地从卧室出来,由于太紧张,走路都显得轻飘飘的。

"阿垚姑娘,老师来了,终于来看你了……"我紧紧抱住她,她的小脑袋顺势贴在我的右肩上,怪招人疼爱的。

"老师,请坐!"小朱老师非常热情,"这是刚去买的奶茶,还有甜品,哦,还有香蕉,您吃吧!"

"太客气了!小朱老师,不用那么客气。"我连忙推辞,顺手抱住阿垚,把她带到沙发上坐下,她紧挨着我,"阿垚,高兴吗?你在忙什么?"

她眼睛眨个不停,嘴巴抿得更紧了,仿佛拉上了拉链。

"舒杨老师,她在家里看书。您看,她去年买了《初中生古诗文大全》,里面的古诗文都背诵完了。"小朱老师把书递过来,"老师,您看看这本书吧,随便出一首,考考她,她肯定背得出来。"

"好啊,那就背背《过零丁洋》吧。"我刚好翻到这一页。

"嗯,老师,我……背这首是很早的事了,现在有一点记不清楚了。"她涨红了脸说。

"没事,能背几句就背几句吧!"我拍拍她的后背,表示理解和安慰。

"辛苦遭逢起一经,干戈寥落……寥落……什么星?"她的眼睛眨得更厉害了,脸涨得通红通红。"四周星。"我轻轻提醒。"山河破碎……"看样子她是不记得了,于是我提醒:"山河破碎风飘絮,身世浮沉雨打萍。"她赶紧跟着我背,估计她是早就背下来了,只不过太紧张了,导致张口结舌,嘴巴像被胶水黏住,说不出什么来。

和我同来的朋友是个服装店的女老板,本来没想让她同来,我骑着小电驴在路上碰到她,她硬要送我,让我把小电驴停在商场的空地上,等会儿回去的时候再去骑。她大概是第一次和我去家访,感觉很新奇,东张西望,老是插话:"小姑娘,你看这么多书吗?"她看到客厅中央有两个书柜,书柜里满是书,沙发上也堆着书。

"嗯,是的,这些作文书和故事类的书,她都看过了。"妈妈连忙回答。

我笑了笑,介绍这位得意门生:"阿垚姑娘是才女,你不知道她多么爱写作,记得有一次写科幻故事,她写了十七页,还不肯停下来。是我担心她太累,命令她别写了,她才收尾的!"停了停,我继续在朋友的赞叹声中介绍,"如果在古代,阿垚姑娘就是个小秀才,她学习时心很静,无论别人做什么,无论环境多么吵闹,她都不会改变自己的学习态度。这一点很好。"我转头又望着阿垚,拍拍她的后背说,"听说你想当小学老师?很好,欢迎你将来进入教师队伍,但是阿垚,理想可以放大一点,你完全可以当中学老师,甚至大学老师,做研究、做实验。记住,你的优点就是好学上进,缺点就是很害羞,不够自信,但只要你努力学习,把自己的长处发挥到极致,你就会越来越自信,会离自己的目标更近。这就是与短板效应相反的长板效应,加油啊,老师相信你。"

她若有所思地点点头。确实,好鼓不用重锤,对于这么聪敏的孩子,只要轻轻点拨就好了。

"老师能去你的书房看看吗?"我笑眯眯地问。

她依然是低垂着眼睛,点点头,不说一句话。

"阿垚的卧室和书房在一起,很小。新房子我们没有过去住,在这里住了十几年。"小朱老师又很不好意思地解释。

"没什么,我只是想跟孩子多亲近亲近。"我笑嘻嘻地说。

"这是你画的?"朋友指着书柜玻璃上的一幅画惊呼。我走近仔细一看,原来真是一幅热带群鸟图,颜色和构图都很美,像宣传画一样精美。阿垚姑娘不好意思地点点头,表示是她画的,

上门记

我也忍不住赞叹："阿垚啊，你虽然不说话，但是从你的这幅画能看出来，你心中有个广阔的世界！"

走出卧室时，我看到过道里摆着一蓝一红两个水盆，乍一看什么都没有，只有两盆水。小朱老师笑着介绍："你们看，这是阿垚的金鱼，金鱼妈妈生了50多条小鱼，现在只剩下十几条了。"我蹲下，揉揉眼睛仔细瞧，天哪，真的是很小很小的金鱼，就跟小蚂蚁一样，于是问："它们的妈妈呢？""死了，只剩下这些小鱼了。"小朱老师说，"你不知道，办公室的杨老师跟我说，一定要把这些小金鱼养大，等它们长大了，要给她一公一母两条小金鱼呢！""哈哈！这怎么看得出来公母，你不如说一条黑色，一条红色！"朋友立刻说。看得出来，她很放松，果然，书卷气息这么浓厚的家庭，给人无比舒服的感觉。

我们要告辞了，小朱老师带着阿垚一起下楼送客人。走着走着，小朱老师告诉我，阿垚想学舞蹈，她打算暑假让阿垚去学习舞蹈。我说："挺好呀，她喜欢什么就让她去玩吧！女孩子练舞蹈能增强艺术气质。"阿垚小鸟依人似的伴着妈妈，自信了许多，听了我的话，点点头。

就在我要上车离开的时候，阿垚突然鼓足勇气说："老师，我还没有背《过零丁洋》给你听，我现在背一遍。"

"好啊！"我惊喜地看着她，这娃娃，终于肯主动表现了。

"辛苦遭逢起一经，干戈寥落四周星。山河破碎风飘絮，身世浮沉雨打萍。惶恐滩头说惶恐，零丁洋里叹零丁——"

我忍不住和她一起背诵："人生自古谁无死，留取丹心照汗青。"

师生彼此会心地点点头，道别。

会长的女儿阿晴

家长委员会的会长姓黄，黄会长给人的感觉是很高很壮，脸上很多肉，脖子粗，眼睛大大的。他说话一句一顿，有点像北极熊，憨态可掬；也有点像《肥猫正传》里郑则仕扮演的肥猫，实在可靠。

别看会长样子笨笨的，但他是个热心肠的人，做事挺灵活。从四年级到六年级，每次都是靠他把全部家长和学生组织起来搞活动的。

在我的印象中，他组织过两次家长委员会的核心成员和我们交流，每个学期开学搞卫生、中期家长会、散学典礼都是他在组织。记得还有一件事，孩子们升到五年级的时候，我报名上学校430课程，我不主动去招募学生，倒是他帮我小小地宣传了一下，学生瞬间多到教室差点坐不下。还有，在毕业到来之前，有家长质疑作业太少，练习太浅，他主动找来一些重要的复习资料，以解燃眉之急；拍毕业照，也是他找来拍摄机构，策划和组织，甚至每个学生都喝到了一杯他自制的奶茶……所以，每当看到阿晴，我都会想，这是会长的女儿啊！

总而言之，会长在我们三个老师眼里是无所不能的，"找会长"成了我们的口头禅。

家访已经进行这么久了，还没有去过会长家，这是说不过去的。恰好会长的女儿阿晴主动约我，不谋而合，我们就约了星期

上门记

四上午，正好是端午节。虽然端午节去别人家不太好，但既然是家长主动邀约的，也就没什么，而且时间上也不会影响他们过节。

上午十点左右，我开着车来到一条小巷子里，发现阿晴就在楼下等我。我把车停好后，阿晴轻声说："老师，您好，请上楼吧，五楼。"我望望这栋大房子，问："阿晴，这整栋楼都是你家吗？""是的。""你们住五楼，楼下都出租吗？"她连忙回答："是的。"

我们到了五楼，果然在四楼和五楼之间发现了防盗门，隔离用的，主人可以用钥匙开门，而租客一般不上去。这边的发达城市几乎都是这样。本地人叫"包租婆"或"包租公"，顶层自己住，顶层以下租给别人，就像周星驰的电影《功夫》里的"包租婆"一样。我跟着阿晴上了五楼。"欢迎！欢迎！盼了好久，终于等到了您到家里来！"会长非常热情，急忙来门口来迎接，"阿晴念叨半年了，她啊，想让您来，又不敢说出来，就在家里念叨。"

房子很宽敞，客厅有三个普通客厅那么大。会长告诉我，还有个复式阁楼，这一层是自己和妻子住，阁楼是儿子、儿媳和小女儿阿晴住。我看到茶几上有两盘荔枝，带着叶子，很新鲜。会长说："老师，知道您要来，刚刚去采摘的，一种是桂味，一种是糯米糍，您尝尝看！"我欣然应允，剥开一颗，如玉石般晶莹，滚落口中，又软又糯，既甜又香，苏东坡的"日啖荔枝三百颗，不辞长作岭南人"真道出了这个季节我的满足感。

会长主要讲了一下家长委员会的事情，学校有家长委员会的总会长，他是副会长。我表扬他："你做得真好！还是学校总委员会的副会长，真棒！阿晴读中学了，你继续做会长吧？"

"不，不，我不做了。唉！从孩子上幼儿园到现在，我一直是会长，实在是想休息了。"他似乎有满肚子的辛酸，"提到总

会长嘛，有点不太理解他。"

"哦？他是把自己当成了校长，安排你们做事？"我打趣道。

"才不是呢，他哪里是什么校长，他是局长！"奇怪，从来没见会长批评过谁，他一直都是个好好先生。

见我疑惑，他接着说："前一段时间，校园有车进出，结果老师的车……于是我们这些家长纷纷议论，希望教师的车不要开到校园，其中有个家长拍到了一辆小车进校园的照片，而且有老师站在旁边，小车的后面是有学生在进出的……我们家长委员会本来想借着这张照片让学校严格把关一下，别让教师的车跟孩子们的活动时间重合。没想到这个总会长拼命地批评我们，说他去实地考察了，学校很安全，只有执行特殊任务的车从前门进出，其余教师的车都是从后门进出，是和学生分开的，所以不会给学生造成伤害。家长们这种反应，是在制造恐慌。您知道吗，最后，这个总会长还说了一句快要气死人的话。他说，你们多挣钱吧！挣钱了，把孩子送到私立学校，不要在公办学校读了。老师，你说这个总会长是不是比局长还牛，说话太不经大脑了。我都已经帮着打了不少圆场，简直无法帮着再打下去了！"会长讲到这里，无奈地叹叹气，摇摇头。

听了这些，我讪讪地笑笑，不好说什么，不知该站在学校的立场，还是完全站在家长的立场。公说公有理，婆说婆有理，就算站在中间立场吧，学校确实有规定，不允许老师们的车从活动区域进出，确实早就重视这个问题了，但又确实有执行特殊任务的车从前门进出。当然，不是天天都有特殊任务，也许就是凑巧，被学生家长碰到了，学校其实一直还是很重视安全问题的。

会长见我沉思，停了几秒钟，笑着对我说："老师，您知道吗，

上门记

我对我孩子的要求只有两个,第一是有孝心,第二是有爱心。"

"你知道我为什么会这样说吗?因为我自己曾经就是个慈善家。"会长说到这里,走到玻璃橱柜里拿出一块牌匾,双手捧着对我说,"老师,你看,十年前我到过人民大会堂,这是给我颁发的。"我站起来看那块牌匾,果然,金光闪闪,里面除了文字说明,还有十几所国内知名大学的校徽。他接着不紧不慢地告诉我,他用自己打工赚来的钱,资助了一两百个贫困孩子,让他们顺利考上大学。因为这件事被层层推送上去,后来他去了省里领奖,最后还去了人民大会堂。

见我端详着牌匾,他平静地说:"我不是大老板,也没有祖传的产业,只是凭着我的心,想帮帮那些年轻人,在最关键的时刻推一把,帮他们渡过难关,从高中顺利进入大学。考上大学后,他们可以勤工俭学,我就不管了。"

"你打工挣的钱,是辛苦钱,没想到你竟然这么高尚和无私,也没有想到我们身边藏着这样一个乐于助人的人!"我由衷地赞叹。

"老师,帮助了别人不是没有回报的,我也得到了幸福啊!比如,我资助过的广西小付同学,他现在和我处成了亲人关系,他叫我辉哥,前段时间我还收到了他的来信,女儿,你不是也读了信吗?"会长满怀期待地看着女儿,"阿晴,你看爸爸,幸福就是这么简单,付出了真诚,去帮助别人,也得到了真情的回报,正如我微信的个性签名所说——帮助别人就是善待自己。"

说到这里,会长的眼睛里闪烁着光芒,我感受到了他的勇气和信念。突然,我想起了那篇课文《青山不老》,会长也是这样,把自己的生命转化为另一种东西,与日月同辉,与青山共存。

我再看看阿晴，她是一个腼腆的孩子，但其实她渴望成功，骨子里有爸爸那立志成就一番事业的基因，只是她太害羞，导致这三年来表现的机会不多。其实我已经从她坚定的眼神中读懂了她的内心，于是悄悄俯下身子，对她说："阿晴，到了初中，要以全新的姿态出现，要把自己在小学阶段没有完成的心愿好好完成！"她笑了，有种"卷舒开合任天真"的自然美，坚定地点点头。

就这样，我们有了一个关于未来的"勇敢者"的约定。

上门记

"拉布拉多"和"比特犬"

小骞是个很特别的男孩,眉清目秀,皮肤黝黑,又瘦又高,但有点驼背,所以,这样的体形就会掩盖他的英俊帅气。你想,一个男孩子,高高的,耸起肩膀,头低低的,背有点拱,虽然面容很俊,但大部分人首先看到的是体形,这样的体态是减分项。

他的脾气性情也有点奇怪,可以非常体贴和懂事,也可以顽劣到让老师怀疑人生。他妈妈是我的同事,我们又来自同一省份,在一些集体聚会中,我见识过她的大方活泼、敢于表达,我是比较欣赏这些特质的,我们还算友好。小骞也就在我面前老实得如同拉布拉多,低眉顺眼、服服帖帖的,和同学或其他老师口中的他大相径庭。

"老师!小骞说脏话!"一提到这个,我都有点不敢相信,怎么可能?他乖巧服帖、唯唯诺诺还差不多。

"是的!他骂我……"

听到这些,我都会扬起头,竖起耳朵,眼睛睁大,表示诧异。

实际上,在我的语文课上,他是这副模样:低着头,不怎么听课,但也绝不吵闹,不会和左邻右舍讲小话,只是这样静静地"潜伏"着,生怕引起我的注意,像一只道行很深的海龟。也有例外的时候,碰到要朗读的情况,我会环视一圈,然后望着低头的他,大声说:"小骞!你来读这首古诗,能背诵就背诵。"他

温顺地站起来，也不顾同学们嘻嘻笑的声音，眼神平和，手背在身后，一字一句地背诵起来："天街小雨润如酥——草色遥看近却无——"还拿腔作调的，既流利又认真，那模样是逗人喜爱的。

他最大的爱好是打篮球，人不离球，球不离人，课桌下面永远有个篮球。下课的时候，他会用手指顶着篮球旋转着玩；兴趣来了，也会在教室后面"砰砰砰"地投篮，不，简直是在砸墙壁。我在课间狠狠批评过他，认为他不够有公德心，不考虑楼下同学的感受，其实现在想来，他并不是要打扰别人，只不过是太爱篮球了。他跟我说："老师，你知道吗？我最崇拜的篮球明星是科比，得知他去世，我哭了。"当时，我不置可否，啼笑皆非，认为小学生就这么"重量级地崇拜"，似乎太早了。

约好七点到，结果七点半才到。远远见到小骞在楼下等我，他大大方方地把我领到二楼的家，我就和他妈妈，即我的同事，见面了。

小骞妈妈怀孕了，是三胎，上个星期她刚刚通过了教师公招，双喜临门，我连忙祝贺："芳，恭喜你！喜事一件接一件。"她双手合十，表示感谢，然后端出四个小果盘，分别摆着黄色的橙子、红色的火龙果、绿色的毛豆、半青半红的荔枝。我忍不住赞叹："芳，你摆水果都是要讲究美感呢，颜色搭配得多好看！"她也许没有想到这一点，定睛一看，也哈哈笑了。

我看了看客厅，正中摆着一个案台，供奉着一尊低眉合掌的菩萨。电视机没有打开，一个平板电脑摆在电视柜上，正播放着高僧讲佛经的课，小骞妈妈的话匣子打开了："其实佛教是一种哲学……说什么'时时勤拂拭，勿使惹尘埃'，其实六祖慧能说的'本来无一物，何处惹尘埃'才是对的呀！人来到这个世界，是来渡劫的；将来离开这个世界，会发现人世间空空如也……"啊？有点蒙，有点离题，我想，这叫我怎么写这篇《上门记》呢？世间万物有它们的运行法则，气未尽则运行不止，我何必多分辩呢？我点点头，和她讲起了"诗佛"王维："芳，你知道王维的诗中哪个字出现的频率最高吗？"她望着我，摇摇头。我接着说："'空'字，如'自顾无长策，空知返旧林''空山不见人，但闻人语响'，还有——""空山新雨后，天气晚来秋。"小骞连忙叽叽叽地接话，我颔首微笑。

"是啊，老师，看来你是个有缘人，知道'空'的佛性。"小骞妈妈夸我。

"对！色即是空，空即是色！"小骞又快速地接话，可见思维的敏捷。只是我有点不习惯，他平时在学校的课堂上，几乎是"事不关己，高高挂起"的态度，既不会竖着耳朵听课，也不会快速反应，看来他是很敬畏妈妈的。

"老师，小骞说自己的梦想是当篮球明星，十年后打进NBA。"妈妈疼爱地望着小骞，"别说 NBA，就是 CBA，妈妈也一样会为你骄傲的，只不过你现在的学习成绩太差了。"

"是的，小骞妈妈，他这段时间确实在退步，并不是不会做，而是没有耐心。每次交随堂练习，他都第一个交；别人还在奋笔写啊写，他写完还剩 40 分钟下课，大笔一挥就上台交卷。不检查，也不在乎等级，哪怕得个 D 也若无其事。这样下去，怎么行呢？"我望着他语重心长地说，"无论篮球明星还是娱乐明星，他们的专业并不能完全代表他们的成功，也不表示将来一帆风顺；相反，德不配位是很可怕的，一旦摔下来，比谁都惨。"小骞妈妈立刻附和，小骞若有所思地看着我——

"所以，小骞，学习上还是要耐心一点，多学点文化知识，这对你的篮球专业是有帮助的。"

他点了点头，特别乖，像拉布拉多。

为什么在"权威"面前那么乖的孩子，在"压力"消除时，会变得如同一只无所畏惧的比特犬呢？这是个奇怪的问题。

搬新家的曹小聪

镜头推到一个月前,我徐徐打开抽到的纸签:"曹——小——聪!"全班哗然,没被抽到的拼命鼓掌,唯独曹小聪一脸发愁的样子。

"曹小聪,老师去你家家访,放学后来带我一起走!"我神秘地眨眨眼。

"老师……老师,您不要去,好不好……等过段时间……再去……"两只亮晶晶的大眼睛望着我,几乎要流泪。

"啊?为什么,别的同学都没有这样做呢。"

"因为我家要搬走了,我想让您看……"

"看新家?"我帮他讲出这句他觉得理由不足的话。

"嗯!看我的新家!"他鼓足勇气点头。

我略一思考,也是,孩子是多么希望把最好的一面给尊敬的老师看,他也是出于一番好心,那就应该满足他。

于是,这一个月以来,常常是这样的画面——

讲台上的我询问:"曹小聪,搬新家了吗?"

曹小聪抱歉地摇摇头:"还没有,快了!您再等等。"

……

终于,曹小聪一身轻松地跑来对我说:"老师,我搬新家了!欢迎您来家访!""呵呵,老师没时间。"我故意逗他。"啊?老师,

您要去啊,爸爸妈妈都准备好了。"他的大眼睛又噙满了泪。"哈哈,逗你啦,我去,这几天安排好。""好的!"他乐颠颠地回教室了。

本来约好了周一下午放学后去家访,又临时接到放学后要和长辈聚餐的消息,冒着迟到和被批评的风险,我还是欣然赴约,因为不想曹小聪失望。一放学,曹小聪就来到我的办公室,等着。我说:"小聪,你先走,发个地址,老师随后来嘛!""不,我等您,没关系的,老师。"他挺执拗的,也可以说,他是多么盼望我去啊!哈哈,这个可爱的娃娃。

爸爸妈妈开着车在校门口等他放学,顺便接上我去家访。那是一个崭新的小区,车开进地下车库,然后乘坐电梯,我正想着小聪妈妈会按哪个楼层的时候,谁知道几秒钟就到了,原来曹小聪住一楼。

"请进!请进!"小聪妈妈打开了门,门边是鞋柜,穿过两三米的玄关走廊,就到了客厅。客厅旁边是个全玻璃景观的大阳台,和外面的草地相连,视野无比广阔,还可以推拉开玻璃,直接进出。我感到非常惊讶,没见过谁家是用全玻璃装修的阳台。小聪妈妈个子不高,很瘦,鼻梁上架着一副大大的眼镜,她忙介绍:"老师,因为家里是一楼,我担心光线问题,所以干脆用全玻璃装修,360度视线无遮拦。""不担心有小偷吗?"我想了想。"看,四角都装了监控,不用担心,小区里也很安全。"小聪妈妈快言快语,干脆利落。

"我们家是个大家庭,爷爷奶奶最喜欢待在阳台上,他们很喜欢土地,没事就能出去和大自然来个亲密接触。"她告诉两位老人,我是语文老师,老人连忙站起来,和我打招呼。

曹小聪从我进来就显得特别兴奋,他转动着骨碌碌的大眼睛,琢磨了一下,立刻拿起桌上的大红苹果,跑到厨房,削起苹果来。我没在意他,以为他是肚子饿了。

"老师,我们搬家才十几天,您猜猜,我家有多大面积?"小聪妈妈问我。"我参观一下吧!"我站起来,她连忙带着我看房间。三室一厅,主人房有个大飘窗,然后是爷爷奶奶的房间,再就是曹小聪和哥哥的房间,他们的房间里有一张高低床,哥哥睡上铺,弟弟睡下铺。"老师,床的颜色和床单的颜色都是曹小聪选的。他挺有主见呢!"

看完了三个房间,我又回到客厅,看了看厨房,厨房不大不小,挨着厨房有个观景阳台。回到沙发上,我一边喝茶一边说:"大概有100平方米吧!""哈哈,您也猜错了,我这里才79平方米!"小聪妈妈笑了。"怎么可能?这么宽敞?"我有点惊讶了。"是呀,这就是因为我这个大阳台的全玻璃设计,您不觉得延伸了视觉空间吗?"小聪妈妈爆豆子似的,语速很快。我看看小聪爸爸,他全程都是笑眯眯的,一副弥勒菩萨样,看来也是个好性子的人。

"你是工作比较忙吗?很少看到你?"我问。

"在隔壁镇,距离有三四十里,但是每天都开车来回。虽然很忙碌,但挣钱不多,可我相信,只要一家人和和睦睦,齐心协力,没有什么是做不到的,日子也会越过越好的!婆婆和公公都对我们很好,帮助我们很多,曹小聪和他哥哥都是爷爷奶奶带大的。家有一老,如有一宝,何况我有两宝!"听到这里,我有点感动,咱们中国人大部分都是这种心态吧,吃苦耐劳、坚忍不拔、充满希望,硬是从一无所有拼搏到了现在国富民强的状态。所以,我对我们国家充满了信心,我们确实是世界上最坚强的民族之一,而曹小聪一家,就是个小小的缩影。

"老师，请您吃苹果！"我正在思考中，曹小聪端来了果盘。仔细一看，是刚才那个苹果，苹果被削皮、去核，切成十几片薄薄的月牙儿，晶莹剔透。我拿起水果叉，叉起一片放入口里，脆爽，水分足，甜得刚刚好，好吃得很，我忍不住多吃了几片。曹小聪看着我吃苹果，乐呵呵的，像大人一样搓搓手，眼睛笑成了和苹果片一样的月牙儿——晶莹剔透，微微发光。

"老师，您下次一定要来吃饭啊！曹小聪很爱吃海鲜，他还以为今晚可以和您一起吃饭呢。"妈妈打趣道。

"嘻嘻，呵呵。"曹小聪激动起来，只会朝我笑。

"以后有机会的，升入初中了，也可以回母校看看，找找我呀。"我笑眯眯地摆手，和送我到车库的曹小聪告别。他使劲挥动着手，很激动的模样，眼睛依然那么闪亮！

小庄掉发记

"今朝日阳里，梳落数茎丝。"白居易在30多岁就为掉发而难过。"白头搔更短，浑欲不胜簪。"杜甫在《春望》中写头发连簪子也撑不住，可见发量堪忧。据诗词里所写，李贺、苏轼、陆游都是头发稀疏者，毕竟他们是文人，是写作者，要想各种大问题，所以掉点发也可以原谅吧。然而，今天的小庄同学也落下了掉发的毛病，她才十一二岁。我每天走上讲台，一眼就能看到最后一排的小庄的头发，发量日渐稀薄，我怎能不担心呢？何况三年前我去过她家，得知她是单亲家庭，不知道她此时掉发是不是因为又发生了什么。我想了想，不管怎样，都要再去家访了。

"小庄妈妈，我今天去家访，可以吗？"做好了被拒绝的心理准备，我鼓起勇气发了信息。

"好啊！什么时候过来？"小庄妈妈第一时间回复，又痛快又热情。

"下午四点半左右。"

"那就过来吃晚饭，我们自己做的，不要客气！"

"嗯……"我想了一会儿，似乎也应该有更多的时间聊聊，一边吃饭，一边多了解这个孩子的情况吧，"好吧，你可不要客气，随便做点菜就好了。"

很快就到了见面时间，我站在一栋高楼下等，远远看见一高一矮两个人过来，好像是小庄母女俩，但又不像，主要是妈妈不像。我揉揉眼睛，好美，小庄妈妈穿着枣红色蕾丝改良款旗袍，旁边是一个穿牛仔裤、戴遮阳帽的女孩。哦！真的是小庄母女。"老师，欢迎你，不是在这里，是在那边的4栋。"妈妈指着反方向，带我转身，穿过马路，到达了她家那栋楼。乘坐电梯，到达九楼，然后敲门，一位梳着齐耳短发、微胖的婆婆开了门。小庄妈妈轻轻地喊了声妈，她的声音很含糊，我忍不住问："哦，是你妈妈？""嗯，不是，是小庄的奶奶。"她的声音更含糊了，我听得云里雾里的。

一番寒暄后，婆婆又进厨房忙碌了，我和小庄、她妈妈坐在沙发上聊天。"你变得这么年轻了，比三年前精神多了！"我忍不住打量着小庄妈妈说。

她抿了抿樱桃小嘴，眨眨眼，笑着说："因为现在心情好了。"她见我疑惑的样子，接着说，"我再婚了，现在很幸福。"想了想，继续说，"他对我很好，付钱买了新房子，还给了点钱让我存着。他说女人手里没点钱，是会心发慌的。"她用手捋了捋耳边的发丝，有点害羞。

"哦？这么好？"我听着这话，望了望小庄，她若无其事的样子。

"老师，喏，你看！"小庄妈妈把手机递给我，让我看一通对话里的视频。我接过来一看，是备注为"老公"的微信对话框，拍的是一个七八岁的孩子吃饭的视频。"老师，这是我的小女儿，再婚后我带着她和现在的老公生活。瞧，我老公煮的饭菜，小女儿在吃呢……"看得出来，小庄妈妈很享受这样的互动。

"小庄妈妈，是妹妹和你们生活在一起，小庄和奶奶生活在一起,对吗?"我忍不住问。

"是的,不过,我每周都来这边看看,和小庄奶奶也处得如同母女,跟以前一样。是不是,小庄?"妈妈一边这样解释,一边提醒小庄认同她的做法。小庄茫然地听着,听妈妈问起她,连忙点头。

"哐当——"婆婆推开厨房的推拉门,从热气腾腾中走出来。小庄妈妈显然是第一时间就看到了她出来,声音立刻压低了不少,和我说起小庄爸爸的一些事情。三年了,我们从来没有看见过小庄爸爸,但是在她妈妈嘴里,这个爸爸是很灵活很会赚钱,但又很能挥霍的一个人。"你看,我们离婚前的对话内容,我都留着。她爸爸就是这样告诉我,人不用多存钱,有钱的时候就出去散散心、旅旅游,钱嘛,该花就得花。"

不得已,我只能接过她的手机,介入他们"夫妻"分开前的对话。好几页的内容,更多的时候是小庄爸爸在说话,他发过来的内容也无非是说自己不想存钱,人活一辈子,该花就得花,放假的日子要带妈妈和两个女儿去玩,要让别人羡慕之类。我的感觉是爸爸在挽留,但是面子很重要;而妈妈呢,确实是不太相信承诺了。总之,我不太想继续了解这些关于感情的旧事,谁对谁错,谁能说得清楚呢,清官都难断家务事。于是,我岔开话题,回归家访的目的:"小庄的头发为什么越掉越多?"

"她现在好多了!我带她去医院看了,还是去的人民医院。"妈妈把"人民医院"四个字加了重音,进行了强调,"检查了,都没有问题,说是压力大导致的。老师,她现在已经长出很多了!"

是吗?我望望小庄的头,用手去拨弄一下她稀疏的头发,心想:越来越多?肉眼可见地越来越少才对吧?

"还有,她奶奶跟我说,她在家里总是习惯性地去拔头发。你跟她说,以后别拔自己的头发了!"妈妈嗔责。

婆婆大约是听到了我们的对话,走了过来:"老师,你跟小庄说说呢,我以为她是有心理问题,让她妈妈带她去看心理医生,会不会是心理压力过大啊?"

"哪有什么心理压力!"妈妈瞟了小庄一眼,批评道,"都说是她自己拔头发玩了!以后不要随便拔掉自己的头发了,听见没有?"小庄呆呆地听着,然后笑眯眯地点头。

婆婆继续说:"去年她生病后就开始掉发,后来病好了,也许就是压力过大导致的了。也许还是妈妈带妹妹去那边,她一个人在这里……"话没有说完,小庄妈妈稍显不满地说:"不是这样的,我每周都带她出去玩,没有丢下她,是她自己拔头发,一把一把地拔,然后一把一把地掉。"

"妈妈、婆婆,别讲了,我不想听了,噜噜噜……"小庄说完,做出许多五六岁孩子常做的动作:做鬼脸、吐舌头……我看看这个,看看那个,不知道该怎么说。

菜很丰盛:蒸鱼、鸡肉、烧鹅、牛肉、虾子、排骨玉米汤。奶奶不停地夹菜给我。妈妈呢,敷衍地吃着,扒拉了几口,似乎不合她的口味。我呢,吃得津津有味,心想,广东人做菜就是特别好吃!小庄呢,一边吃,一边趁机做回妈妈身边的三岁小孩,发出"噜噜噜""哩哩哩""喊喊喊"这类声音,言谈举止都小了十岁!

唉,看来这小庄的头发,要想长出来,还需要一段时间。

上门记

阿因爸的"我"教育

书房里挂着一幅蓝底金字的心经,差不多有整面墙那么高,字写得非常好,懂书法的我对它赞不绝口,落款上写着"请舒杨老师收藏",这是阿因的爸爸赠送的。阿因字写得较为马虎,课后练习、习作之类的,都很随意,甚至涂改。我从来没有把阿因和书法联系到一起,所以那天当阿因捧着一个软布烫金的匣子,要送给我的时候,我还以为是一支毛笔。在教室一打开,我吓了一跳。阿因说:"这是我爸爸送你的!""啊?不用吧!"我有点慌,毕竟关系宗教信仰,而我是人民教师,不太适合收下。但是阿因眼神恳切,而且很坚定地说:"爸爸说,您一定要收下!他特意为您抄写的。"

好吧,我略一思考,就收下了。不说别的,就是当作书法欣赏,也是很不错的,因为字确实写得太好了,有赵孟頫的味道,而赵孟頫的字是我的心头爱。

所以,每次在书房,无论练字还是看书、休憩,我一抬头就看到这幅字,就会想到阿因爸爸,他到底是个怎样的人呢?怎么有耐心写这么娟秀、端正的小楷?能写出这么好看的字,他也可以算是个书法家了,至少在我们生活的城镇里首屈一指,怎么就没有见过他参加什么文化活动呢……一连串问号涌上心头,由于工作忙,我想过后也就放到了一边。

"盛年不重来，一日难再晨。及时当勉励，岁月不待人。"他们即将毕业，我打算进行最后一次家访。当我询问哪位同学想让老师去家里的时候，阿因把手举得高高的，唯恐我没有看见，还从座位上站起来，走到我面前，说："老师！老师！到我家去！"他是个会跳街舞的男孩，性格是开朗的，很壮实，笑起来露出两个洁白的虎牙，让人有亲切感。他是个有点特别的孩子，明明很聪明、守纪，但有个很大的毛病，就是不喜欢做作业，每天不完成作业的人里面都有他。而且他对待学习的态度是很随意的，一会儿认真，一会儿抽离，所以学习成绩也是时好时差，很不稳定。我以为是他太贪玩或没有开窍的缘故，有许多小男生在小学时处于弱势状态，他们往往要到初高中阶段才觉醒，一旦醒悟，那就是突飞猛进，让小学老师惊掉下巴：这娃，当年怎么就看不出是人中龙凤呢？有意思吧。

　　说远了，还是回到家访上来。来到小区后门口，阿因妈妈说："老师稍等，阿因会去接您。"等了约十分钟，我拿起手机看，正想第二次催促的时候，"老师您好！欢迎您！"一个人影站在我眼前，声如洪钟。我打了个激灵，木然地抬起头，过了三四秒钟，才明白是阿因的爸爸带着两个孩子站在我眼前。阿因的爸爸显得好年轻，乍一看像个大哥哥，穿着白色无袖T恤、黑色运动短裤，浓密的短发很蓬松，加上一双足球鞋和过膝的白袜，一副邻家哥哥的打扮。我有点恍惚，还问了一下阿因："这是你的什么人？""我爸爸！"阿因笑嘻嘻地说，一对虎牙又露了出来。阿因爸爸伸出手做出握手的姿势，我本来有点不太习惯，但是对方那么有礼貌，清澈的眼睛真诚地看着我，我怪不好意思的，于是伸出手跟他握了握。

上门记

跟着他们穿过花园小区的草坪、小径，左拐右拐，很快就来到了花园小区的中心地带，绕过一个标志性转盘，左边就是阿因家楼下。我看阿因爸爸带着妹妹走在前边，就偷偷地牵着阿因的手，低声问："因，你妹妹叫什么名字来着？老师……忘记了。"因为阿因和妹妹上学期参加过学校的"阅读与表达"兴趣班，当时我是兴趣班的指导老师，按理应该记得住名字的。阿因本来在不声不响地带路，听到我这么一问，笑出了声："是阿依，您忘记了，哈哈！""呀，别大声说，替老师保密。"我慌忙阻止他的"得意扬扬"。

这是一梯两户型住宅，出了电梯，左边是阿因家。阿因妈妈听到了脚步声，连忙开门。我走进去后，发现客厅里没有茶几，没有电视，除了沙发和靠近厨房的饭桌，就没有别的了。墙壁上挂着一幅行书，我一边读出声来，一边欣赏书法："夫君子之行，静以修身，俭以养德。非淡泊无以明志，非宁静无以致远……"阿因爸爸连忙说："诸葛亮的《诫子书》。"他让阿因妈妈搬来一张小四方桌，暂时当茶几，然后微笑着解释："客厅里有篮球架，给孩子们买了消音的篮球，为了让他们体育活动的空间大一点，我和他们妈妈干脆就撤掉了多余的家具，从简生活。"我饶有兴趣地看那个消音篮球，顺便也拍了拍，果然，一丁点声音也没有！

他端坐在沙发上，礼貌又和气地说："老师，我是非常重视体育运动的，每天阿因和阿依放学回家，我都会他们带着运动一个小时，有时候打篮球，有时候踢足球。生下阿因后，我第一次做爸爸，感到自己知识不够，于是买了许多书来读，如《好妈妈胜过好老师》《窗边的小豆豆》《第56号教室》等。老师，说实话，我不赞成循规蹈矩、一刀切的教育方式，每个孩子都是不一样的，怎么能用同样的标准去衡量？当我看完《窗边的小豆豆》，真是感叹，哪里有这样的校长，哪里有这样的学校，那么顺应孩子们的心灵，懂他们，让他们在泥水里打滚……

"所以，我是不会逼着孩子们完成家庭作业的，随便他们做不做。幸好阿因遇到了您，因为您的作业真的不多，您还是挺懂他们的。"阿因爸爸文质彬彬，虽然不用力讲话，但也不知道为什么，讲出来的话分量十足。

"每个人来到这世界上，都是独立的个体。我也并不喜欢'成功学'，平平淡淡，在自己喜欢的行业里安安静静做自己的事情，未尝不是一种幸福。因此，我不会给孩子'打鸡血'，也不会要求他们一定怎样，相反，他们的身体素质强，能阅读和思考，这些才是重要的……"

爸爸的知识面也太广了，不知道为什么，我有种面对企业老总的压迫感，还有种知识贫乏的歉疚感。

"其实，人人生而平等，我希望阿因和阿依做自己。"

"嗯！嗯！"虽然舒杨老师不停地点头表示赞同，但是她也懂得为什么阿因明明聪颖、诚实，却对学习没什么兴趣，常不做作业，成绩时好时差了。哈哈，阿因爸爸有他的"我"教育啊。

挺好的，我还是支持的。

世界本就是多元的呀！

上门记

小婧和她的妹妹、弟弟

"我该叫你什么呢？叫你阿怡，还是小婧？小怡？"我说完也想笑了。

"哦……老师，你还是叫我阿婧吧，因为我觉得阿怡和小怡有点那个……"

我一听就乐坏了："还是叫你小李子吧！"

"嘻，我妈就是这么叫我爸的。"一贯端庄的小婧听到"小李子"就乐了。我们说着就来到了这里最好的花园小区。好熟悉啊，记得上次去小蓉家，我走错小区，来到这里，被保安冷冰冰地拦住，保安不准我往里走。可是今天保安显得格外热情，也难怪，因为小婧看到他，文质彬彬地说："保安叔叔好！"他应该很喜欢小婧，满脸堆笑，说："放学回来了？"于是，我在温暖的笑容和亲切的话语中进去了。

到了电梯口，我问："小婧，几楼？"她说四楼，可是进了电梯里，我发现她按的是3A层，便问："没有四楼，是吗？"她说："嗯，3A就是四楼。"我想了想，也是，这边普遍不喜欢4这个数字，3A听起来多好。很快，我们就到了家门口，开门的是祖孙俩。一个肉滚滚、胖乎乎的小男孩挥舞着两只小手扑向小婧的怀里，嘴里还嚷着"姐姐、姐姐"，一看就很喜欢姐姐。我看到他伸出两只肥肥的小手，两腕各戴一个银手镯，一看就是备受宠爱的小

家伙。

　　小婧在班上是语文课代表，属于安安静静、循规蹈矩的那种孩子，走路很端庄，说话很斯文，连生气都是温和有礼的，所以颇有"老师缘"，在班上也有好人缘。回到家的小婧更像是位"小妈妈"，她才12岁而已，但处事有大人的风范，如她看到弟弟，会说："弟弟叫老师啊，你不是很喜欢念书吗？念书就要尊敬老师啊！快叫啊！"怎么样，这样的话是不是只有大人才会说？她还说："弟弟，要学会分享你的玩具，你会拿什么跟老师分享呢？"当这个胖乎乎的小男孩嘴里发出含糊不清的声音，把他的玩具汽车、公仔塞给我的时候，我更感觉小婧是"小妈妈"了。这时候，爷爷端上来四个果盘，有切好的火龙果、番石榴，还有一盘蒜香花生、一盘齐云山枣糕。弟弟忍不住伸出胖乎乎的小手来抓枣糕，这时，小婧又开始温柔地"教导"他了："弟弟呀，你要先给老师拿啊，不能自己先吃，啧啧，你是很懂事的哟。"这个小男孩看了她一眼，又看了枣糕一眼，很顺从地抓起两块枣糕，向前走一步，放到了我的手里，然后一直盯着我，好像在说："老师，你吃呀，你吃了，姐姐就会夸我了。"就这样，逗逗这个小男孩，时间过去了大约20分钟，小婧说她爸爸妈妈在从邻县回家的路上。爷爷是个木讷的人，没有什么话说。奶奶呢，一直在厨房里忙碌着，热气腾腾，似乎在做晚饭，玻璃门关着。

　　我有点无聊，看了一下这个房子，好像面积不是很大，于是问："房子有多大？"爷爷说："不到90平方米。""几个房间？"我又问。"三室一厅。"爷爷说完这句，又沉默了。我看到客厅外面有一个很大的阳台，阳台左右两边做了两排书柜，里面摆满了书。另外，我注意到他们家的装修跟别人家不一样，大部分人

上门记

都是用灰色调,而他们家却以黑色调为主,电器外边装上了黑色的玻璃,家具也是黑色加上银光闪闪的边,这样的装修显得很独特。再看看四周,发现茶几、书台上摆了几盆细竹子,有文竹、百合竹、佛肚竹等,我问爷爷:"这是您种植的吗?"爷爷说:"不是,都是小婧的爸爸买的。"停了一下,他又似乎有点责怪似的说,"他就喜欢买这些东西,没有什么大用。"我反而觉得有点意思,一定要有用才买吗?能愉悦眼睛、净化心灵的东西不美好吗?当然我没有说出来,只是笑笑。

"喂,弟弟呀,老师有点无聊呢,要不你跳支舞给老师看啊?"小婧一边鼓掌,一边说,"小度小度,放音乐……"

"咚咚咚、砰砰砰……"动感的音乐响起,弟弟倒是一点也不害羞,来到小度面前,举手、转身、扭头、摆胯,一个动作接一个动作,还有丰富的表情、会说话的眼神,我都惊讶到张大嘴巴了。相信你也明白了,这个才三岁的胖娃娃,跳的全是中老年广场舞动作,和这新潮音乐并不搭配,但又节奏吻合,实在是有种喜感。看我饶有兴致,爷爷说:"小弟每天都去看广场舞,而且一定要等广场舞散场才肯离开。"难怪他学得惟妙惟肖,更难得的是表情,眼波流转之间,拿捏得恰到好处,让人忍俊不禁。

不一会儿,小婧的爸爸妈妈回来了,原来小婧长得很像妈妈,秀气、文静,而妹妹和弟弟都长得像爸爸,头大,脸周正。从谈话中得知小婧的父母都在私企上班,爸爸在一家私企做管理,妈妈在另一家私企做财务。我问了一下爸爸做的行业,他讲了一些,我似乎也没有听懂,只知道他说:"公司智造化在我们国家还处于发展阶段,我们和欧洲的一些企业还是有差距的。"我不解地问:"什么叫智造化?"他说:"就是用机器代替人工,公司的生产车间见不到几个人。""哦！就是人工智能，对吗？"他也许没有听懂，没有表情地点了点头。我想术业有专攻，每个行业还是有每个行业的技术在里面，隔行如隔山啊。我又问："现在企业的效益还不错吧？"他摇了摇头，说："你知道的，还是不太好，我们公司老板打算往越南那边办厂。"

"为什么？"对于不知道的事情，我喜欢问个明白。

"人工便宜啊，这边工价高。"他条理清晰地说，"当然也是一步步来，不会那么快。"我抬头看了他一眼，这位爸爸能很年轻，三个小孩了，他看上去只有三十多岁。他穿着黑色T恤、蓝色牛仔裤和运动鞋，头发又黑又密。

"老师，我是江西的，她是梅州的，她家人多，有六个兄弟姐妹，所以到了小婧这一辈，有十几口人。我小时候不爱读书，所以小小年纪就出来拼生活，和小婧的妈妈是在工厂打工的过程中认识的。这些年来，我们俩齐心协力，共建家庭，买了房子和车，把父母接到了身边，还生了三个孩子，虽然没有大富大贵，但也算知足了。"我频频点头。

要离开的时候，我提出要看一下小婧的书房，爸爸把我带到最里面的一间屋。进去后，我看到一个大大的飘窗，飘窗外的景色让人心旷神怡。"老师，我们把家里光线最好、位置最佳的一间屋给了小婧。"爸爸爱怜地说，"你看，这个书桌，也是给她买的。"确实，家里人口不算少，但是房子面积并不大，算下来，小婧的居家面积算是最大的了，可见父母对她的学习的重视。我准备离开房间的时候，爸爸突然叫住我："老师，您再看，我们小婧是个多么能收拾的姑娘。"说完，他拿出个大大的装奖状的夹子，翻开来，每一页都夹着奖状，大大小小，按照时间顺序排列，

137

上门记

最早的有幼儿园小班的"可爱宝宝"奖状,最后是昨天才发的奖状,大概有100多张。哈哈,人家有"荣誉墙",而小婧有"荣誉本"啊。

爸爸抱着弟弟送我,妈妈和小婧也进了电梯,就在这时,小婧扬起脸,笑盈盈地对弟弟说:"弟弟呀,老师要回家了,你让老师也抱抱你,跟你告别,好不好呀?"听到这话,弟弟赶紧伸出两只胖手,要我抱抱。颇感好奇的是,每次安排小弟弟做事的,都是小婧,而小婧妈妈像家里的大女儿,真是角色互换啊。

"老师,我家小婧是很让人省心的,特别懂事、乖巧。你看,弟弟听她的话,甚至不听我的话呢。"妈妈一边送我出花园,一边和我说话,"但是那个老二就难对付一点,学习有点马虎,性格也有点任性,不知道长大一点会不会变……"哈哈,我突然想到了一个词"老二效应",许多家庭里的老二都是挺奇怪的孩子,要么极其聪明,要么极其压抑,也不知道国内外有没有专家研究过"老二现象",寻找根由呢。

第一次见到他们

"潮"

我刚接新班级,学生都是被打乱后重新分班的,来自三年级的各班,因此,此时形同散沙,乱糟糟的。我严肃地说了一句:"一二三,坐端正!"学生们立即响应,一个个宛如小白杨。

感觉好了,来了一个开场白:"你们要有好的纪律,别以为是新老师,就可以不认真啊!老师已经40多岁了,也是老……"我没讲完,因为有个声音高叫:"什么!你40多岁?我还以为你20多岁呢!""哦!我以为你30多岁!""老师、老师,"声音急促,"我、我以为你36岁!"

"不是!不是!"

"是!是!"

"你错了!"

"你才错了!"

"老师好年轻啊!怎么美容的?"

"老师骗人吧,怎么会有40多岁!看上去比我妈妈年轻!"

"才不是呢!我妈妈比老师年轻!"

人声鼎沸……

我又好气又好笑,不知如何开始讲《观潮》,教室里已经涨

上门记

潮了!

"情"

走上讲台的我发现小子们"乖"了许多,心情大好,决定来点"催泪弹"。我清清嗓子,满怀深情地说:"同学们,你们那么乖,那么爱学习,老师很喜欢你们,老师也很好,好得就像你们的妈妈……"

没说完,因为一个,不,十几个声音,同时响起——

"我们以前的老师也是这么说的!说把我们当自己的孩子看!"

"舒杨老师,你这话我们以前的老师早就说过了!"

"一点也不新鲜,听过了。"

"是的,没有创意,听过了。"

"听过了。"

……

好吧,我傻了,脑子里一片空白,从已经酝酿出来的浓烈情感里一下子抽离了。啊,好难啊!

你知道我为什么要请假吗

四年级时,有这么一件小事——

下课了,我拿起书离开教室。

"喂,舒杨老师——"一个男孩子追上来,很着急的样子。

"什么事情?"我停住了脚步。

他仰着头,透过厚厚的小眼镜,眨巴眨巴眼睛,问:"老师,你知道我下午为什么请假吗?"

我在心里有点嘀咕,自己又不是班主任,不管学生请假的事,呵呵,不过,为了这份"信任",我还是笑眯眯地问:"什么事情啊?"

他得意了,有点卖弄似的:"我要去香港啊!"

"哦,好的。"我欲离开,点点头,就想转身走。

他又急了,抓住我的衣服:"你知道我为什么要去香港吗?"

我依然耐心地站住,问:"去香港做什么啊?"

他又得意了,歪着头:"哈哈,我要去喝喜酒啊!"

"喝喜酒,好啊。"我随着他笑。

"哈哈!你知道我要喝谁的喜酒吗?"

天哪,我要晕了!上了一节课,口干舌燥,还得面对这小家伙。可我还是认真地望着他的眼睛,问:"喝谁的呀?"

他笑得眼睛眯成了一条缝:"喝我舅舅的!老师再见!"转

上门记

身蹦蹦跳跳地走了。

哈哈,舒杨老师站在走廊上,傻了,也乐了!

你的压力我挂心

下课了,有些孩子围着我叽叽喳喳,我也乐得与他们交流——不费力,不累。

小凯过来了,说:"舒杨老师,你的额头真像电视里的皇帝!"

"啊?"我下意识地摸摸额头,以为他说我脑门高,额头亮,像清朝皇帝的额头一样亮。

哪知道他急促地说:"你的眉毛紧紧皱着,像个'川'字,说明你有很大压力!压力大的人就是这个样子的。"说完,他还点点头,煞有介事,旁边的同学纷纷点头。

咳!这家伙,我哪里敢跟皇帝相比,人家想的是国家大事,我呢,全是些鸡毛蒜皮的事。

他睁大眼睛,郑重其事地说:"老师,要学会减压啊!办法很多,例如上网玩游戏,听音乐,看电视……哦,还有吃美食,都是减压的好方法。真的!"像个小博士的他继续自顾自地点头。

"记住!美食啊!"他冲着我继续喊道,好像恨不得我一下子就快乐起来。

……

接下来的日子,他们的舒杨老师不停地摸着额头,想把那个"川"字抹平,完全是无意识的动作。这孩子,真是的。

有没有一门这样的课程

班上一个女生变化太大了！她刚来时乖乖巧巧、老老实实，皮肤黑，眼睛亮，是一位朋友特意要放在我班的。

我对她是很放心的，无论学习还是品德上。

这学期，她渐渐变了，头发拉直了，上课老讲话，嬉笑、走神；作业偷工减料，日记、作文100多字就了事。我有点诧异，但以为这是成长期的变化，也并不多加责怪，总是提醒就罢。

现在她的成绩连80分也达不到了。

今天复习，我做了融知识性和趣味性于一体的课件，同学们听得津津有味，加之进行答题比赛，气氛热烈。就在这时，我听到一阵笑声，循着声音望，又是她！她低着头，鬼鬼祟祟地瞄我。我压住怒火，义正词严地说："有个同学变化实在太大了，由优等生快变成差生了！我不想点名，但是她真的很过分！"

她一副若无其事的样子。

下课了，我总觉得她哪里不对劲，来到她桌边，跟她说上课要尊重老师等道理，她面无表情地点头，看得出来没触及灵魂。

我不放心，牵着她的手来到走廊，继续询问，她开始吧嗒吧嗒掉眼泪，我心里一动，问："是不是家里出什么事了？"她欲言又止，眼圈又红了。我说："没关系，告诉老师！老师帮你出出主意。"她低声说："爸爸……爸爸不信任妈妈！他怕妈妈……"

哦！又是一个家庭不和睦、内心痛苦的可怜娃儿！我对她说："你是不是觉得爸爸妈妈有矛盾，你很恐慌、很自责，因而无心学习？"她的眼泪淌成一条小河了。我拍着她的背说："小家伙，这不是你的错，更不是只有你家才会这样，很多家庭都会发生这种情况，爸爸妈妈吵架、打架，甚至离婚。当他们为某件事争执不休、面红耳赤的时候，我们小孩子怎么办？肯定痛苦，但是要接受这个现实，并理解他们，绝不要耽误自己的学习。也不要因为这件事怨恨妈妈、责怪爸爸，他们也不想这样，可能是性格问题，或者对一件事情的看法不同，导致分歧。但是孩子，我们不要总是沉浸在悲伤中，应该正确面对，调整好自己的情绪。"我停了停，继续说，"老师也跟丈夫吵过架，甚至也曾闹得厉害，老师的女儿还是比较坚强的呢，她在学习上没有被落下过。不过，现在老师的家庭好了，希望你向姐姐学习。"她的眼睛里闪过一丝诧异，随即平静了许多。

在一本书上看过，有些国家有针对家庭破裂的孩子的专门课程，当父母吵架，当父母离婚，当父母失去理智，孩子怎么办？那些配上图片的文字让很多孩子明白了如何应对，因而也不会有什么太大的思想包袱。

随着时代的发展，有很多家庭出现了问题，现在的孩子相比于从前的我们，问题多了许多。他们看着父母吵架、恶语相向，会很害怕、慌张，甚至自卑、自责，导致学习成绩下降，还会进一步导致其他问题的出现。可我们的某些教育呢，依然是大话、空话太多，那些阴影里的花儿，等着等着就蔫了……

学校能不能开设专门的家庭教育课程呢？

也该行动了！

上门记

让"下一次"立刻发生

发现笔筒里满是笔,虽然已经将它们按类别或颜色分装了三个笔筒,但依然插得满笔筒无立锥之地。唉,我又不是贾探春,又没有条形大书案,更没有100多支笔,那个时代都用毛笔,而且贾府的笔都是定制的吧,什么玉石笔、梨花木笔、黄金竹笔……我们现在的笔是批量生产,都是机器操作的,也就没那么金贵了。记得刚参加工作的时候,拥有一支派克钢笔是多么神气的事情!有次同事的丈夫从远方回家,送给新婚妻子的礼物就是一支派克钢笔,同事宝贝得不得了,舍不得用,而同办公室的我们呢,一个传一个地看,仿佛现在看某个女教师的贵气翡翠手镯。唉,时代变了,一切也不知道是好事还是坏事。

说远了,我的三个笔筒分别是这样的:一个是专门装红笔的,一个是专门装黑笔的,一个是装铅笔和蓝笔的。笔太多了,怎么办?作为老师,有办法,把多余的笔发给学生,看他们要不要。

我从每个笔筒里扯出一大把,来到教室,问他们:"老师这里有一些多余的笔,谁要?"一石激起千层浪,原本安静做作业的他们顿时沸腾,一个接一个举手:"我要!给我!""给我!给我!"我扫视了一遍,太多举手的了,只能随意发,看谁的手举得高一点,积极一点。因为身体距离教室右边的座位近一点,于是从教室右边开始发。"谢谢!""我要黑的!""老师,给

我铅笔！"……不一会儿，笔都发完了，可我只走了三个大组，第一大组没有人领到。

"老师！我没有拿到！"

我笑笑，不就是一些用过的笔吗，又不是新的，没有拿到也没有多大的关系吧，便随口应道："没有拿到的，下次再给吧！"

谁知道就在我站上讲台的时候，教室最左边的曹小聪闪着一双班上最透亮的大眼睛，嘟囔着："没有下一次了，不可能有下一次。"

我诧异了，转过头去看着他，他继续用那双大眼睛看着我，重复道："没有下一次了。"

大家都笑了，也许觉得他有点较真，毕竟大家都并没有觉得失去什么。

"为什么没有下一次，下课你跟我去拿，让'下一次'立刻发生。"

下课了，我叫住他，牵着他的手往办公室走。

他很高兴，话多了起来。

"老师，你教了多少年书？"

"你猜啊。"

"是不是20年了？"

"比这还多呢，猜错了。"

"我……猜不出。"

"31年了！"

"啊，31年了？那去年就是教书30周年？"

"是啊，你这小家伙想说什么？"

"没什么，老师，你教了这么久啊，31年了！"他由衷地感叹。

"喂,你要什么笔?"我连忙打岔,转移他的注意力。

"黑色!红色用得比较少啦。"他还挺会"算计"。

我想笑,又拿出铅笔笔筒,说:"喏,你还可以多拿一支铅笔。"

"哇!太好了!"他笑得眼睛弯成了月牙儿。

他又抽出一支铅笔,迈着轻快的步子走出了办公室。

想不到,两支用过的笔,"换"到了平日里老爱质疑的曹小聪的快乐,值!

班上谁最好看

这两天病了,下午吃完肠炎清后坐在座位上昏昏欲睡,两个女孩子一高一矮站在我面前。

"老师,能不能请你在毕业同学录上签名?"高个子女孩说,矮个子女孩只顾笑。

我抬头一看,哦,是小庄和小恩。

她俩是好朋友。记得前年小庄同学放学后"不见了",家长到处找,原来她躲在小恩家玩,一直到晚上九点才找到,当时我那个气呀,狠狠地批评了小庄一顿。

我去过小庄家家访,了解到她的家庭情况,家里有两姐妹,她是老大,妈妈是帮人化妆的,父亲不知道是在外地工作还是什么情况,看样子家里没有男人的影子。她缺乏管教,性子野,加上深夜找人的乌龙事件,因此,我对她颇有看法,总认为她有点藏藏掖掖,说话做事不大方、自然。

小恩是个乖乖女,家里最小的女儿,我也去过她家家访。她家在高档小区,养着一条短腿柯基,她有自己的公主房,一看就是父母年纪大了才生的这个小女儿,父母对她百般疼爱。所以,她俩玩在一起,其实是不怎么协调的。不过,通过今天的一番对话,我才了解是怎么回事。

"舒杨老师,我之前的同桌很不好,总是乱唱歌,胡乱改歌词,

上门记

还说班上哪个男生最欠揍什么的。"小庄跟我说。

"这么过分啊,这家伙。班上除了他,还有谁比较调皮呢?"

"小冉啊,他总是'骂'小恩,他俩同桌,他骂得很难听……"小庄很认真地说,"每次小恩被欺负了,她就只会找我,我不但帮她骂回去,还会捶对方几下呢。"

说到这里,小恩转头望着小庄,笑眯眯的,两人相视一笑。

原来如此,我算是找到两人成为好朋友的原因了。

"你们最喜欢什么课?"我问。

小庄想了一下,说:"自习课,这样就可以做自己的事情,写作业什么的。"

小恩笑了,左脸露出一个深深的酒窝:"喜欢电影课,自习课稍微有点无聊,还是电影课比较好。"

小庄突然问:"舒杨老师,你觉得我们班哪个女孩子最漂亮?"

我愣了一下,回答道:"都漂亮啊,没有最漂亮吧。"

她竟然自己给出答案:"我觉得小芝最漂亮,个子又高,皮肤又白,眼睛很大。"

小恩轻声插话:"小琳也很漂亮吧,皮肤特别白。"

小庄说:"是的,她自带腮红,阳光下特别好看。"

我忍不住要进行小结了:"女孩子,只要她能够坦坦荡荡、自信开朗,就是漂亮的。不撒谎,不做坏事,不背地里说别的女孩坏话,就是美丽的女孩。比如你们俩,在我看来,都是很美丽的呀。"

她们似懂非懂地点点头。

临走时,小恩鼓起勇气问:"舒杨老师,能不能再给我们上一次电影课?"

"好啊，等合适的时候再看电影。"我微笑着看她们。
她笑得真甜，眼睛眯成了月牙儿。

上门记

好看不是最重要的

下午两节课后是"大课间"时间,如果不出操,就是自习。所以,这个时段语文课代表会约好一两个人到我的办公室来拿批改好的作业,顺便带走当天布置的家庭作业。

小涵是语文课代表,小婧也是,她俩常结伴而来,有时也会各自带上另一个同学过来。也不知是怎么回事,他们像海洋鱼类一样,挑环境来扎堆。比如小柔、小琳和阿珊喜欢去英语老师那儿,她们个子高挑、皮肤白净、样子好看,属于心高气傲的一群女孩。而喜欢到我这里的,除了课代表,女孩子还有卓男、阿晴,男孩子有小烁、阿恒、小冉,他们几个和"肤白貌美"没有多大关系,但是"性格鲜明"倒是真的。卓男有一股倔强劲,最怕"激将法";阿晴是只温柔猫,个子虽高,但没脾气;小烁五官周正长得帅,但"怒发冲冠",他的头发是往天上一根根竖着的;阿恒很有喜感,心思细腻;小冉像根豆芽菜,又黄又瘦,乍一看营养不良,但古灵精怪,挺像《小鬼当家》中的男主角……这么一想,也许因为我是个包容性很强的人,所以吸引的是各种各样性格的孩子。

今天大课间,我隐约察觉小涵带了一个同学进来,站在我身边。我正在忙,一抬头,有点惊讶:"阿珊,你怎么来了?"印象中她是英语老师那儿的"常客",她落落大方地说:"是啊,我来了。""什么风把你吹过来的?""没有什么风,想来就来了。"

她虽然接话很快,却丝毫没有调侃的意思,清晰又肯定。这个娃娃,我心想,真是有天掉下来都有高个子顶着的淡定。

想着要跟她多说几句话,我就问:"阿珊,你去年在《红楼春趣》里的扮相可真好看!""是的,舒杨老师,阿珊长得真好!"小涵的羡慕又来了,"她和小琳都是班里的大美女,我就惨了,太丑。"

什么鬼,又扯到自己的外貌,我想笑。

好吧,我也承认阿珊好看,眼睛大而有神,头发浓密,扎个垂下来的马尾,齐刘海刚好到眉毛,高鼻梁,樱桃小嘴,长相很古典。看着看着,我忍不住赞叹:"阿珊,你的五官怎么长得这么好?"她没有得意的神情,波澜不惊,语气依然平淡:"长相应该是来自遗传吧,主要是上一辈长得好。"

"哦,当然。"我有点词穷,打不开话匣子。

幸好小涵接过话,她说:"呃,我还是不要怪父母了。不过,我真羡慕你,长得好看。"

"好看不是最重要的。"阿珊依然云淡风轻,"如果光好看而不聪明,那就非常可怕了。若好看和聪明任选其一,宁可选择聪明,因为……"

她在那儿滔滔不绝地讲着,逻辑性很强,思维缜密,我和小涵张口结舌地听着。

上门记

后来我是一名科学家

阿锦收拾书包准备回家了。

我看到他桌面上有个类似小红包的物品,上面印着鎏金的"大吉大利"四个字,于是拿起来,自言自语:"呀,小红包啊!"他一边收拾书包,一边瞟了一眼,说:"不是啦,这是我的护身符。"

"护身符?"我满脸疑虑。

他接着说:"在观音山那里的清泉寺求的。"

"清泉寺?"我更奇怪了,"观音山上哪有清泉寺?"

他见我这么好奇,就停下了手上的动作,开始认真、耐心地给我讲解起来:"清泉寺就在观音山脚下的一条巷子里,很偏僻,里面有个大师,只要报给他生辰八字什么的,他就能够看到人一生的经历和遭遇,比如我将来有什么好事情、坏事情,能不能考上大学,会是一个什么身份的人……"越讲越神,我想打断他,但看他那一本正经的样子,想笑又有点感动,就腾出时间来听他把话说完。

"这样啊,那你看到自己将来是做什么的呢?"

"考上大学啊!后来我做了一名科学家。"他自信地回答。

同桌的小美笑了,忍不住奚落他几句:"你上大学?哈哈,是上那种野鸡大学吧!"

阿锦不急不躁地地扣好书包上的系扣,像个大学生一样富有涵养:"呵呵,你才野鸡大学呢。不管是不是真的,对现在的我都是一种促进和鼓励。"面对同桌的揶揄,他并不生气,微笑着解释完,大大方方地走出了教室。

课代表的烦恼

课代表进来了，问我要作业。

她是一个做事麻利、说话干脆的女孩，是学校的大队干部，经常查学校违纪违规的学生。所以，从学生的视角看，她应该挺"可怕"的，因为她不怎么温柔，做派比较"中性风"；但从我的视角看，倒是挺好，因为她没有女孩子的黏黏糊糊，也没有她们那么爱撒娇、使性子，有一种"公事公办"的派头，我想她将来挺适合去机关做事的。

她的皮肤有点黑，脸有点"肥"，毛发浓密。没事的时候，她喜欢双手抱拳，显得有点粗犷气质。她长得很结实，走路有点像男孩子，扎个马尾辫，头发太茂盛，估计很难全部扎起来，碎发比较多，所以到了下午，看上去就乱糟糟的了。之前，我会提醒她："小涵，头发！头发捞上去，披散下来了。"后来明白她的发质如此，我也就不再啰唆。

她喜欢绘画，说素描是她最擅长的，但我更喜欢她的漫画。我们班喜欢课外阅读，利用阅读制作绘本，绘本就要配画嘛，她总是能给我惊喜，构图、色彩都显得恰到好处，精美的同时有种脱俗感。她似乎也有意往这方面发展。到了六年级，人家学英语、奥数、编程之类的，什么难，学什么；什么新，追什么。她却只对美术感兴趣，听说现在还在周末学习美术呢。我问她："小涵啊，

你长大了想做什么？"

"我吗？"见我点头，她利落地回答，"考美术学院，我想往美术生的道路走！"这倒让我有点意外，因为11岁的孩子似乎就有坚定的目标了，我不禁对她刮目相看。

她好像跟人不会太亲近，但也不会太疏离，因此，在那么多届课代表中，她似乎是唯一跟我不会亲近到亲昵地步的课代表。以前的课代表，看到我了，扑过来撒娇："舒杨老师，我要去你家玩！""舒杨老师，我最喜欢你了……"或者跟我说某某的坏话："她一点也不好，欺负我，舒杨老师，她说你不好。"相比之下，小涵虽然名字很女性化，但是人倒真有男孩子的潇洒。

她有个缺点，就是脸上容易长痘痘。也不知道是不是分泌失调，油脂分泌太多了，脸上不是这里冒出一个红点点，就是那里长几个小泡泡，也看不出她多在乎容貌。今天跟她的几句对话，让我忍俊不禁——

"小涵，你有烦恼吗？"

"有啊！两个烦恼，学习成绩上的，还有就是外貌上的。"回答倒是干干脆脆。

我转头望着她，怔了一下，继续问："什么烦恼？"

"就是长得太丑了！"她语气自然。

我笑了，哪有人说自己长得丑还双臂抱胸、自然坦荡的？我服了她。

我认真地对她说："你不丑，我教过那么多学生，见过许多孩子，你不是长得丑的，但是脸上的痘痘确实要注意一下，估计是饮食问题，或者是内分泌的问题。你要么自己注意调养，要么去大城市看医生。"

她说:"是我太爱吃辣椒了,天天餐餐必吃。"

"你是湖南的?"

"不是,潮汕人。"

"潮汕人也爱吃辣椒吗?"

"是我自己爱吃,非吃不可,管不住自己。"

我瞟瞟她,无奈地笑笑:"那就是你自己的问题了,知道还不改?"

"吱嘎——"门开了,像刮进来一阵黄风,因为校服是黄色的,两个瘦小的人儿钻到我跟前。

"是卓男和小婧啊,你们怎么也来了?"

"嘻嘻,我们也来了,老师。"她俩像一对双胞胎,瘦瘦小小,脸色都偏黄,都扎着马尾辫,校服都齐腰扎进裤子里。

我一边设计当晚的家庭作业,一边听她们三个叽叽喳喳。

"你知道吗?现在的一些中学生有点乱呢,竟然有谈恋爱的。"

"是啊,真恶心!"另外两个附和道。

我忍不住想笑,小小年纪就妄下结论,于是有心想打趣她们:"你们谈恋爱了吗?"

她们故意做个呕吐的动作:"我们还不到年纪,现在只读书。"我又乐了,什么叫没到年纪,看来也想过这个问题,到了年纪是要谈的?这回答有点逗,于是我心头一动,继续开玩笑:"哦,那现在是不到年纪,到了年纪就会谈了,我懂了。"

"啊!老师!我不谈,一辈子也不结婚。"

"是的,到了年纪,我也不谈。"

"为啥呀,长大了不是都得结婚吗?男大当婚,女大当嫁。"

我煞有介事。

"一个人也可以过得好,为啥要结婚?"小婧撇撇嘴。

小孩子讲大人话,我心里暗自想。

这时,小涵同学吞吞吐吐地说:"估计我必须得结婚。我爸爸说了,不许不结婚,到了年纪就要这样做,他要抱孙子,我和弟弟都要传宗接代。"

我实在忍不住了,笑出了声:"这么好笑?你爸爸倒也可爱。"

"不过,"小涵接着说,"我妈妈说了,要我长大后别找爸爸那样的人。"

"对对对!"卓男赶快抢话,"我妈妈也说了,绝对不要找我爸爸那样的人!"

她俩转头向着小婧,小婧却平淡地说:"我妈妈说了,绝对要找我爸爸那样的人。"她略停了十几秒,继续说,"我妈妈说过,我爸爸是世界上最好的男人。"

另外两个摇摇头,异口同声地说:"我们听妈妈的,不找爸爸那样的人。"

我故意问:"那你们猜,舒杨老师假如有下辈子,会不会找现在的丈夫呢?"

她们仨都望着我,竖着耳朵等下文。我故作神秘:"当然……当然不找啦!哈哈,假如有下辈子,老师想变成男生,用男性的身份去闯世界。"她们"哦"一声,心中的疑问落了地。

小涵和卓男、小婧继续聊天。小涵说:"我还是不太想结婚,因为婆媳关系难处理,我妈妈和奶奶偶尔有点针尖对麦芒,最好是两人不住在一起。"卓男连忙点头:"是的,我妈妈和奶奶吵架的时候,爸爸很痛苦,他都不知道要帮哪一边才好。"小婧此时和大家是统一战线的,插嘴回应:"我妈妈也会和奶奶吵架,偶尔也吵得凶哩。"

小涵说:"等我将来做了家婆,一定对媳妇好,不跟媳妇吵架!"另外两个也连忙附和。

我望着即将走出办公室的 11 岁娃娃的背影,幽幽地叹口气,说:"小涵,等你做了家婆,老师估计——"她们停住了脚步,等我的话,"……已经死了。"

"哈哈!哈哈哈!"她们没有想到我这样说,哈哈大笑。

小涵转过头,意味深长地说:"那是另外一回事啦,老师。"

门关上了,留下默默回味的我。

李白的"粉丝"

课间几个脑袋挤在一起,一个个表情非常愉悦。

我好奇地走过去,探头一望,原来几个人围着小庄同学,在看她的毕业同学录。记得两天前,她托小芝把同学录上的"老师寄语"这一页给我,要我写的情景。于是,我对她说:"能把你的同学录给我看看吗?"她红着脸,蛮不好意思地把同学录递给我,说:"好的,老师,给。"小庄的害羞不是毫无来由的,她在班上属于"丑小鸭"式的人物,不是长得不可爱,而是她做事总给人一种躲躲闪闪、不敢光明正大的感觉。有时候她从你身边溜过,你都不会发觉。说话偷偷摸摸说,上课的动作也偷偷摸摸,交作业也是偷偷摸摸的,好像生怕你注意到她。学习成绩也不好,我教她语文两年了,她的成绩总是在C和D之间徘徊。那天小芝给我的同学录上"老师寄语"页,说:"老师,小庄要你写的。"当时我可没有答应写,而是还给了小庄,用稍责备的语气说:"为什么你自己不找我呢?过几天再说吧,自己找我。"

今天这个课间,她给了我整本同学录,让我好好看看,我身边不可避免地也围拢了一大群学生,大家都喜欢"扎堆"。

我一边翻看,一边读着,尤其对他们喜欢的明星这一栏感兴趣,有写喜欢露露的,有写喜欢杨超越的,有写喜欢棣棣、晨晨的,还有一些我根本没有听过的名字。我翻看到小芝的这一页。小芝

上门记

是个早熟的孩子，独生女，智商高，性格要强，家庭也算是书香门第，又注重培养她，琴棋书画，她样样都在学，所以在班上算是很突出的一个孩子。看到她在喜欢的明星一栏里填"任、白、李"三个字时，我的玩心上来了，立刻装着恍然大悟的样子说："小芝，我知道了，你喜欢的明星是这个意思——'任何一个人也比不上李白'，难怪你写'任、白、李'。"

旁边的同学一个个捧腹大笑，有个同学笑得眼睛弯弯的，大声说："老师，你真笨，任是任嘉伦，白是白露，李是李钟硕。""什么？我猜错了！小芝不是李白的'粉丝'吗？"小芝一把夺过同学录，脸涨得红红的，嗔怪道："不是啦，不要猜了，我不会告诉你们啦！"

"可惜了，我还以为自己猜对了呢，任何一个人都比不上你心里的李白，多好啊！李白的知音啊，可惜了。"我故意装成一副失望的样子，自我嘲讽。

"你……你……你……哎呀，不跟你说了。"小芝半是着急，半是撒娇。

"哈哈哈！哈哈哈！"周围的同学笑得更厉害了。

我回办公室坐下，不禁发笑：瞧把你们乐的，逗你们的小目的达到了。

小冉同学毫无芥蒂

今天上课讲《腊八粥》，让大家"读赞粥、演盼粥、画喝粥"，大家尤其喜欢第二个环节——演盼粥，每组两人上台，一个演八儿，一个演妈妈。第一组中规中矩，按照课文来演；第二组有了一点变化，什么八儿是小学生，不肯做作业，妈妈以学习为由，要他做作业才允许喝粥，等等；第三组更加离奇，小冉和小桓改得太多了，这就是过犹不及，完全脱离课文来进行发挥，虽然全班被逗得哄堂大笑，但明显觉得"恶趣味"多了点，有点俗气；第四组比较好，虽然是两个男孩子，一个人高马大，一个鬼精灵，但演出了八儿的娇憨和嘴馋。"不嘛，不嘛，妈妈，我要饿了，你的儿子我饿了……"当这样嗲里嗲气的话从壮硕的小马嘴里说出，大家笑得不行了，但的确尊重了原文，很符合沈从文的本意。所以当我说同学们都是评委，可以投票决定哪一组胜利，第四组毫无疑问地当选第一，全组振奋。小小的胜利，在小小的集体——班集体中，也是振奋人心的大事，他们毕竟是小孩子嘛。

也许是不太服气，小冉同学作为第三组表演八儿的"演员"，撇撇嘴，眼中流露出不屑，最直接的反应就是——坐不稳，身子扭来扭去，不遵守课堂纪律了。在语文教学方面，我们一起制定了"班规"，就是每个月都有"语文积分奖"，主要从"上课态度＋作业质量＋竞技赛场"三方面来综合评价。比如，上课思考

上门记

答问就加分，不听课被老师提醒三次就要扣2分。这节课我已经提醒小冉两次了，第三次他又开始扭头找后面的同学讲话，我忍不住打断他："小冉！第三次了，扣2分。"他转过头来，望了我一眼，低下了头，又不满地瞟过来，好像在说："讨厌，又扣我的分，讨厌！"但是他的嘴唇动了动，又不说什么了，课是更加不听了。我感觉不太好，就停了两秒钟说："同学们，如果老师扣了你的上课积分，你要是觉得不满或委屈，下课来跟我辩解，讲赢了就收回扣分啊。"他的情绪明显缓和了。

下课了，他不出去，也不来跟我辩解，只坐在座位上做着什么作业似的。我问："小冉，怎么不跟老师辩解？""唉——"他叹了口气，笑了笑，"我讲不过你啦！"

停了一会儿，他接着说："我怎么讲得过你呢？算了，大人不记小人过！"

"哈哈！哈哈哈！"旁边几个同样没有出教室的同学忍不住大笑。小苏打趣道："完了，你得罪老师了！"

小冉一脸的莫名其妙："我怎么了？"

"你是大人，老师是小人！"

我故意双手抱胸，点点头，似乎是说"糟糕，你得罪我了"，其实我在逗他。

"这样好了，小人不记大人过！"他觉得自己很聪明，停下手中的笔，摇头晃脑，得意扬扬。

"行行行，你怎么说都行。"我又好气又好笑，"你别忘了今天的作业，介绍一道家乡的传统美食。"

谁知他更得意了，拍拍胸口："我们家乡的美食世界第一！"

"我家吃得可好了！再怎么穷，也不会不顾吃的。"他干脆站起来，似乎更能表达骄傲之情，"谁叫我们是四川人呢！四川人即便没有穿的、住的，也一定要吃好的。嘿嘿！"

我感到好笑，这孩子就这样代言了"四川人"。

"你家谁做美食啊？"我随意问道。

"当然是我妈妈了！不过，有时候姐姐也过来吃。"

"你家有两姐弟，是吗？姐姐多大了？在哪里读书？"我几乎从来没听他提起过姐姐，这是第一次。

他摇晃着脑袋说："我……我不知道她在哪里读书，她一年也就来过一两次，她是我妈妈和第一个老公生的。"

"啊？"旁边的小苏惊讶到叫出声来，他转头跟没有出去玩的同桌小声说，"小冉的姐姐是他妈妈和第一个老公生的！这是怎么回事？"

我心里一个咯噔，毕竟小冉是个有口无心的孩子，而小苏是被父母保护得很好的一个男娃娃，他心里无法接受这样的家庭，所以感到无比诧异。啊，我该怎么挽回局面呢？正在这时，小冉一本正经地回答："是啊，我妈妈结过两次婚啊，第一次生了我姐姐，第二次生了我啊！"他说完一脸轻松的样子。

小苏还在笑，他并没有恶意，而是感到奇怪极了，他的人生字典里应该不会有另一个爸爸或另一个妈妈的存在。

该我出场了，我拉着小苏的手，认真地说："是啊，人跟人之间就跟你们和好朋友一样啊，朋友一开始是合适的，后来处着处着就不合适了，就重新找个好朋友呗！这有什么？比如你们的舒杨老师，要是我的丈夫不合适，相处很难受，那我也会从婚姻里挣脱出来，另外寻找一个合适的啊，当然，目前来看，还是能够过下去的……"小苏听着听着，脸上的疑虑渐渐消退了，似懂

165

非懂地点点头。阿心同学连忙插话:"对,我妈妈也这样说,如果爸爸和她不合适了,就离开他好了……"小苏见我和阿心这样说,有种恍然大悟的感觉,而小冉同学也抬头挺胸地走回了座位,留下我一个人慢慢咀嚼这场关于"家庭"的对话。幸好我没有置小冉于尴尬的境地,更有效地跟小苏解释了家庭的多元性,以免他那张白皙、帅气的脸因疑惧而扭曲,哈哈,完美!

生命只有一次

上完课,我看到阿炜同学独自站在楼梯口。

我心里一动,阿炜同学的母亲刚刚去世,他请了一个星期的假,回到学校上学才三四天。看他似乎没受什么影响,上课还是笑嘻嘻的,但是下课了,他独自站在这里。我叫住他:"阿炜,跟我走走吧!"他点点头,乖巧地牵着我的手,跟随我下楼梯。

"阿炜,你还是很难过吧?"

"嗯,难过。"他看着我,眼神黯然。

"你母亲是怎么去世的?怎么那么突然?"

"她……她开始在幼儿园里上班,后来她开始不舒服,无力,上厕所也要爸爸扶起来……"阿炜做了个动作,他是个成长很慢的孩子,所以描述的时候有点前言不搭后语的,但是他很努力地表述,"后来,她就……她就……身体不好了。"

回到办公室,我继续和他交谈:"你有兄弟姐妹吗?"

"有啊,我有三个姐姐。"他伸出手指,努力扳着手指数。

"这么多姐姐?她们参加工作了吗?"

"没有,读书,两个读书。"他开始极努力地说明白,"一个读高中吧,一个读大学,还有一个……"

"还有一个怎么了?工作了?"

"不是,"他使劲摇摇头,"是……嗯,读大学。"

"那你有两个姐姐读大学？"

"嗯。"他用力点点头。

"阿炜，老师知道，别人是不能对你这种痛感同身受的，你肯定很难过，不过，老师希望你在学校里多待待，能感受一下同学们相聚的氛围，这样就能更快地走出悲伤的阴影，好吗？"我握着他冰凉的手。他的个子很高，高出我一个头。站在他旁边，我感觉像是站在一个成年小伙子的旁边，但他显然不是，浓黑的眉毛，明亮的眼睛，厚厚的嘴唇和笑时露出的洁白牙齿，表明他只是个子高的大孩子。

他停了一下，继续叨叨："我没有见到妈妈最后一面。她回了老家，奶奶说我们不用那么着急回去，她很烦躁，很烦躁，后来就五点多……五点多……"

"是五点多走了，对吗？"

"嗯，是的，她很难受，我没有见到她最后一面。"他眼泪汪汪。

"唉，姐姐们都回来了吗？"

"爸爸打电话给老师……请假，回、回了。"他还是在努力地表述。

我想了想，说："你回教室去吧，有什么不舒服，有什么烦恼，就来找老师。"

"嗯！"他用力地点头。

他走出办公室，掩门的时候，突然，"砰"的一声，门被打开，他折回来，冲到我办公桌前——

我愕然地抬头。

他举着一根手指头，像讲述科学道理一样，一字一顿地比画着说："生命只有一次，没有了，就再也不会回来了！"

然后,他就转身离开了。

这句话,讲得特别清楚,也特别流利。

上门记

拍照给校长看

　　放学了,今天我值日。小陈老师找我有事,让我帮小聪、小双老师"磨课"。小双老师要参加大型赛课活动,非常苦恼,因为找不到导师帮忙。大家都忙,各自的学校都有参赛者,他们都需要当自己学校的参赛者的导师。

　　好吧,扯远了,值日完毕,我跟着小陈老师往办公室走。上楼梯的时候,突然听见一阵争吵的声音,其实不是,好像是在说出什么牌之类。我敏锐地搜寻,发现楼梯的背面有一个空间,不易被人察觉,七八个孩子席地而坐,书包丢在一边,围成一个圈,四个人像打麻将一样,手里拿着牌,大声喊着"出错了"之类的话。仔细一看,地上还放着摊开的牌片子。当然,很明显不是扑克,像是塔罗牌,又像是什么游戏牌之类。我定睛一看,竟然是自己班的娃,有小马、阿航、阿锦等,竟然还有一个女生——阿莹。我又好气又好笑,这个女孩子是很瘦小的,坐第一排,皮肤黝黑,眼睛瞪得老圆,看上去精灵得不行,聪明她数第一,但是学习不专心也数一数二。她贼精贼精的,别看她个子最小,却是班上的"御姐",有股"老大"的气质,说话做事都派头十足,号召力很强。有些人天生就是领导,这个家伙自信满满,喜欢驾驭和组织别人。看,她竟然和一帮男孩子玩这种地上打滚的游戏牌,还有滋有味的。

"你们在干吗？"我透过楼梯的栏杆缝隙说。

他们一边玩，一边抬头看了看我，岿然不动。阿航说："玩牌啊！"

"这怎么可以玩，不能玩了。"

"怎么不能玩，没事的，我们再玩一下。"

"别玩了，"我有点儿生气，但是依然慢条斯理地说，"再玩，我拿手机拍照给校长看了！"

"哇！好过分，不玩了，别拍给校长看！"

"别玩了。我们走吧！"

几个人一哄而散了。

说到底，我也没有讲明白为什么不能玩，他们也并不懂为什么不能玩，这样只能治标不治本啊。

同行的小陈老师笑了："这是你最生气的时候吗？太好笑了，这么应该生气的事情，你就说拿出手机拍照给校长看。"

啊？不这样，还要怎样？难道要义正词严地狠批一顿吗？我说："唉，都是小孩子，他们会长大的啦，会知道这个事情是不对的啦，以后……以后就明白了。"

"好吧。"小陈老师不置可否地摇摇头，但我们很快就被小双老师的课转移了注意力。

静下来的时候，我想，义愤填膺、义正词严就一定对吗？用大人的生活经历和价值观去衡量十一二岁的孩子，用自己的人生尺子去量他们的脚步，当然会觉得鼻子不对鼻子，脸不对脸。不，我不要这样对他们。

我想起了自己十几岁时读初二，因为什么事情不记得了，被当时的教导主任喝住，他把我当"坏人"一样义正词严地训斥了一通。他五官端正、浓眉大眼，本来应该是位帅哥，但是唾沫四溅，还伴随着手指的舞动，其实他讲的道理我一句都没有听懂，倒是狰狞的脸永远留在了我的脑海里。

后来，看《红楼梦》的时候，贾宝玉被贾政当着众门生狠狠责骂："畜生！孽障！你这不成器的败家子！"宝玉筛糠似的发抖，我是能够感同身受的。

所以，就算孩子们做出不太好的事情，指出即可，不必痛骂，否则无非让他们记得你的狰狞面孔罢了，真的没有其他。

我上台会讲得更好

口语交际课《即兴发言》，师生玩得不亦乐乎。通过比赛的形式让全班孩子的思维能力得到了锻炼，说得好也好，不好也罢，总之都"锻炼"过了。下课了，同学们叽叽喳喳，许多人还沉浸在即兴发言的话题中。

我准备离开教室，出门的一刹那，看到有个高高的身影默默站立在窗户边，背挺得直直的，目不转睛地望着黑板。我心里一动，就走过去轻轻问："阿晴，你怎么了？""我正在思考我们组即兴发言的题目，"她转过视线，用小得只有我能听到的声音说，"如果我上台去讲，会讲得更好些。"

"哦？你们组是什么话题？"我连忙问。因为八个小组，每个小组抽到的话题各不相同，有在寿宴上祝福爷爷的，有班会上发表对小学生带手机进校园现象的看法的，有代表班长欢迎新同学的，等等。

她说："我们组是小志上台。"

"小志是什么话题？"

"是……是寿宴上祝福爷爷。"她可能没有想到我一问再问，有点紧张了。阿晴是个腼腆、内向的孩子，自己的事情都做得很好，纪律、上课、作业、值日等方面都不需要大人操心，但就是不太习惯当众发言，更不习惯跟老师倾诉心事，也可以说是个稍微缺

上门记

乏自信的孩子。不过，我深知不是所有孩子都如同大大咧咧、毫不怯场的小冉，那些不拘小节的孩子也有缺点，比如不讲究细节，柜筒里脏兮兮，做事情丢三落四，刚才答应得好好的事情，一转身就忘到九霄云外……作为老师，就应该兼顾每个孩子的性格和心理，说话做事要贴近他们的心。

于是，我拉起她的双手，她的手凉，我的手很暖，我望着她，温和地说："那你怎么不上去讲呢？"

她低下了头，轻轻一笑，算是回答。

"是迟疑了吧，因为迟疑，你就没有举手上台。"我鼓励她，"阿晴，以后要大胆表现，多多发言，课堂上是最好的锻炼机会，这样长大后机会到来的时候，你就不会遗憾错过，对不？"

她抬起头，望着我，点了点头，眼神里有几分坚定，也有几分感激。

争吵记

"你看看你自己，你的脸成什么样子了！"我气不过，拿出手机录她发怒的样子，不是想发出去，而是想给她看，提醒她不要再生气，不要再瞪我。

"你怎么不看看你自己的脸！看看你自己的脸！"她一把夺过手机，反过来对着我拍，推搡之间，手机差点戳到我脸上。我气得要揍人了，但是内心一个声音在提醒：别生气，别生气，不能讲重话，更不能动手，万一出口伤人，后悔也来不及了。

可是这种委屈加羞辱的感觉瞬间涌上头，我竟然毫无办法，除了眼泪，似乎再也找不到能疏解的法子了。

这个对我怒目而视的孩子是小芝，妥妥的优等生，五年级时据说是奔着我才转班过来的。刚开始，师生关系良好，但是从上个学期开始，莫名地开始紧张，有一些小摩擦，她表现出来的就是上课不看老师，不回答，没反应……甚至连头也懒得抬起来，我也批评过她，可她不知道哪里来的警惕性，只要我一点她的名字，她立刻立起全身的"羽毛"，反问道："我没有讲话！为什么又说我？"我确实没有办法还原几分钟前的状况，只能不了了之。

硬的不行，就来软的吧："小芝是个很棒的孩子，很优秀，才华出众……"还没讲完呢，她又立刻瞪眼睛："为什么突然跟

上门记

我说这些？我没有那么优秀，才不是天才！"气得我只能把"甜品"收回去，自己咽到肚子里。我也明白了，无论批评还是表扬，对于正进入青春期的"叛逆"孩子，都是随时可以点燃"战火"的，还是悠着点，不随便批评或表扬。

一直还算相安无事，可今天爆发了。

前一天晚上，我花了很大精力备课——韩愈的《早春呈水部张十八员外》和范仲淹的《江上渔者》，自认为精彩绝伦，想借此机会培养他们的家国情怀。谁知道小芝同学依然贯彻不抬头、不举手、不做笔记的"三不政策"，着实令我懊恼，何况她就坐在教室中间。"老师提醒一遍，要做笔记哟，不要交头接耳，讲小话……"我的眼睛是望着她的，可是她沉浸在自己的世界中，拿着笔在本子上乱涂乱画着什么。我走到她跟前，轻轻敲了一下桌面，把刚才的话重复了一遍。她不买账，瞪着铜铃般的眼睛，质问道："为什么说我讲话，教室里讲话的、传纸条的、偷吃零食的一大堆，你凭什么单管我？"我被噎得说不出话来，只能像个小孩子一样，气鼓鼓地说："管你怎么了，我是老师，不能管你吗？你不认真，我不能指出吗？""我哪有不认真，你拿出证据来呀！你就是爱针对我，其他人都不管！"

"小芝！你住嘴！你说些啥，自己听听，还像话吗？"我已经被气得脸绿了。

"怎么就不像话了！你说怎么就不像话了！"她的声音也提高了八度，甚至有点声嘶力竭。

我又气又急，于是发生了开头拿手机录她的那一幕。

她又抢过手机录我……

回办公室的路上，我的眼泪流出来了，生怕人家发现，三步并作两步回到办公室。我久久地坐着,感到筋疲力尽,怎样才能和叛逆期的少男少女们相处好呢,靠人格魅力?到底什么是人格魅力啊……

上门记

到底是孩子

天知道，今天我有多么害怕进教室——

很怕剑拔弩张的局面，怕小芝那双瞪得大大的眼睛，怕兴致勃勃讲课的激情被冷冷的局面逼退……教了30年书，竟然会害怕进教室，不知怎么面对小芝。

脑子里想了十几种可能的状况，但当铃声响起，我还是立马就往教室赶。好吧，就算依然是那种不理我的课堂，也得忍受，并且调整好，毕竟教书也是需要智慧的。尤其在面对叛逆期的孩子时，硬碰硬是要不得的，机智的老师可以四两拨千斤，一双化骨神掌可以瞬间化解危机，如果我真的不行，那就是自己的"功夫"还不到家，需要修炼。

"上课！同学们好！"我依然精气神满满。

我扫视了一下教室，目光很自然地扫过小芝的脸，奇怪，那双瞪大的眼睛不见了，取而代之的是一双平和的眼睛。我有点疑惑，昨天还是"楚河汉界"似的，今天的反应有点不对劲。我一边讲课，一边观察，全程她都坐得端端正正，眼睛也注视着黑板，不再低下头去，乱涂乱画……

下课后，我回到办公室，她竟然跟着过来，拉着同伴问："老师，周六是要重新拍摄戏剧吗？"

"嗯，是的。"我点点头。

"那……我可以晚一点过来吗?要自己化好妆,对吗?"

"是的,可以晚一点,但是不要超过八点。"

"好嘞!谢谢老师!"她眉开眼笑,咧着嘴,露出几颗洁白的牙齿,然后拉起同伴就想离开办公室。我略思考一下,叫住她:"小芝,你今天……态度怎么180度大转弯?不生气了?"

"没有啊,是你先对我生气的,你生气,我就比你更生气;你不生气,我也就不跟你对着干了!"她噼里啪啦,爆豆子似的。

"哟,你还挺讲公平和礼尚往来的!"

"那当然!"她自信满满。

我们算是和解了,进教室之前,我再也不用担心看到她气鼓鼓的样子了。

可是,有句话藏在心里,想了想,我还是没有说出口:小芝,我哪里会先"针对"你呢,对你是喜欢多过于批评,也许是我们师生交流还不够多,其实你的老师不怕怄气,怕的是毕业的分离……小芝娃娃,还有,你知道吗,你刚才讲话时是桀骜不驯的,而我的表情是哭笑不得的。

上门记

做有素质的中国人

　　第一、二节都是我的课,第一节主要是进行复习,六年级的课文学习基本都结束了,现在进行的是一些题目的练习、知识的汇总。比如,前天是病句大全,跟学生说六种常见的病句,并给出解决的办法;昨天是成语专项练习,什么描写春夏秋冬的,描写人物语言、动作、神态的,等等。学生好像比较喜欢这种专项练习,上课也比较认真,只是我的思维要不断地运行,手也要不停地板书,所以比较辛苦。下课了,我有点累,课间十分钟,走回办公室,再走回教室,就花了三四分钟,不如就在教室里休息休息,顺便多陪陪他们。再过一个月,他们就要毕业了!
　　我正在思考着第二节课怎么让孩子们的"辩论赛"更精彩,"砰砰砰",巨大的响声把我惊醒,仰头望去,原来是小骞同学拿着篮球在教室里"耍酷"。只见他球技了得,球随身移,他一会儿转圈,球在地上啪啪几下,仍然像贴了胶布一样紧紧黏在手下;一会儿一个跃起,一二三,对着墙壁的犄角一投篮,虽然犄角上没有篮球网兜,但感觉球像是从篮球网兜里出来的一样,他瞬间接住了球,一个鹞子翻身,又把球稳稳地舀回手里,像表演杂技,又像是跑酷运动员,样子倒是潇洒极了。看得出来,他很享受这种时刻,一遍遍地重复着转身、拍球、躲避、跨步、投篮的动作,脸上露出愉悦的笑容,平时上课是看不出他的愉悦的。我本来也

看了几遍,被他吸引,可是每次都伴随着"砰砰砰"的砸球声和"哐当哐当"的撞击墙壁犄角的声音,我皱起了眉头。这孩子,难道不知道教室是三楼,下面二楼还有一个班的学生在教室吗?

"小骞,别在教室里打球,你发出这么大的声音,好吗?"

"啊?怎么了?"他一脸茫然,根本没有意识到什么,而且那种愉快的笑意还没有消散。

"楼下的学生怎么受得了?老师在讲台上,心脏都快蹦出来了,而你每砸一下球,楼下的学生都要吓一大跳呢,不可以这样做。"我满脸不高兴,"不考虑别人的感受,就是没有素质的表现。"

小骞听了我的话,不好意思地吐吐舌头,倒是挺自觉地放下了手里的球,回到座位上了。

"老师,校长也看见过他在教室里打球,批评过他,还没收了篮球,他不听!""是的!是的!""不要在教室打篮球!太吵了……"告状的声音此起彼伏,看来他在教室里打篮球的问题已经引起"公愤"了。

我想了想,就来个随机教育吧——

"同学们,小骞已经知道了,他不会这样了。他的球技很好,我也很欣赏,但是错误要改正,做个有素质的中国人。你们想想,在公共场合大声喧哗、不考虑别人感受的行为,还有哪些?"

"老师!在高铁上,有些人旁若如人地刷抖音,很大声,吵得不行,很不文明。"小静是班上个子最矮的女生,平时一般不发表什么意见,看来这个话题戳中了她的内心,让她想起了什么。

"还有,有些男人打电话,外放,故意似的,还大声回复'兄弟啊!是我啊!兄弟最近在忙啥!喂!我有事跟你说……'吵得人要死,好像恨不得全世界都听见他在聊天,都知道他有个好兄弟。"某个女生很嫌弃地说。

"哈哈!看来大家所见略同,你们说说,这是缺乏什么的表现?"

"缺乏自信""缺乏涵养""缺乏素质",各种各样的答案,我笑了。要是能够在这些孩子心里埋下一颗种子,让他们以后在公共场合尊重别人,做个文明、有素质的中国人,那该多好!

冰激凌和"满料大包"

快毕业了,他们的新课早就上完了,天天复习,感觉他们挺疲惫的,就想着给他们的学习生活增添一点"佐料"——给他们下午茶歇,给足惊喜,看他们高兴不高兴。

问了一下学校的资深班主任,怎样的茶歇会让孩子和家长都快乐,答案很快就有了:这么热的夏天,30多摄氏度,来一个五羊牌的冰激凌会很好,另外来一个客家烧鹅店亲手包制的满料大包——鲜肉、鸡蛋、香菇、红萝卜粒做馅,闻起来香香的,咬起来很蓬松,吃过的孩子几乎都赞不绝口。这是真的吗?抱着试试看的心理,我如法炮制,订购了50个冰激凌和50个满料大包。

冰激凌果然获得了一致好评,孩子们吃得可欢了,一个个舔着手上的冰激凌,很满足的样子。我也忍不住和他们一起吃了一个。确实,夏天和冰激凌是绝配。

满料大包也很快送来了,超大的一个,有多大呢,平常的包子要五个才抵得上这一个吧。热气腾腾的,掰开一个,呀,果然,里面的馅料太足了,嗅觉和视觉效果都很好,迫不及待地咬一口,口感真好!坐在第一排的小静同学竖着大拇指对我说:"老师,就算不吃里面的馅料,光是这个包子的面粉部分,都很有嚼劲,好吃!"我惊叹于她的感受力和表达力,瞬间对她"刮目相看"了。

正在这时,下课铃响了,要放学了,大家纷纷收拾好书包离

上门记

开教室。有些孩子还在吃着大包,品尝着美味;有些孩子小心翼翼地捧着大包,说要带回去慢慢吃。突然,一个声音在耳边响起:"老师,能跟你买一个吗?"班上有48个学生,有个孩子请假,这样大包就剩下了三个,我正吃着一个,还剩两个。这个孩子是看中了剩下的大包,我转头看过去,是阿因——一个学爵士舞和街舞的男孩,学习上较马虎,也不爱表现的一个男生。

"为什么?你吃一个不够吗?"我问。

"不是,我要买一个给妹妹吃。"他伸过来攥得紧紧的六元钱,皱皱巴巴的,看得出来,这对于他来说也算是"巨款","放学了,妹妹跟我一起回家,我希望我俩都有吃的。"

我本来想,给他一个大包好了,但是转念一想,不动声色地一手接过钱,一手把大包递了过去,什么都没说。

阿因看到我给他大包的时候,眼睛亮了,显得特别开心,比自己拿到大包还开心。

而我心里的念头是——让妹妹知道大包的可贵,感受到哥哥100%的爱,而不是来自我的赠予。

哥哥对妹妹的这份爱还是触动了我,这就是父母要多生几个孩子的意义吧,就在这样互相关心、互相照顾的陪伴中,孩子们渐渐长大,爱也只会越来越多的。

我以为关于大包,只有这位哥哥很感人,谁知道晚上微信里家长们纷纷表示:"谢谢您,舒杨老师,孩子带回来,一定要我吃半个,和他分享的时候真欣慰啊!""老师,儿子留了一半给我,我感受到了他的孝心,感谢老师的付出,让我们家充满温暖……"

呀,原来,小小的一件事,这么有意义呀,我快乐着大家的快乐,也要成"满料大包"了!

一点感触

第二次请他们"吃喝"了,也是有意思,现在的师生关系更像朋友关系,请他们吃一点东西,喝点啥,他们可以夸得你飞起:"哇!你真好!""我从来没有见过这样好的老师!""感谢!真有钱,啧啧啧……"

我是哭笑不得!

"老师,你说请我们喝奶茶,说了好久,还没有请呢。"小烁继续充当全班的代言人,负责每天提醒、催促。

"有点忙,等明天吧,明天一定!"

……

这不,今天是不能逃掉了,于是下单订了46杯他们喜欢的各种口味的奶茶,去冰,有柠檬红茶、双拼奶茶、芋圆葡萄等。卓男看我在美团下单,就顺口说一句:"你自己不喝一杯吗?"好吧,我平时是从来不主动购买奶茶的,毕竟"七〇"后没有这个习惯,也不太喜欢喝,总觉得不利于身体健康。不过,偶尔喝一杯两杯,应该也没有问题。于是,我回答:"好吧,老师也点一杯,就跟卓男一样的口味吧,芋圆葡萄!"

现在的跑腿、快递行业是越来越发达,这不,半个小时,47杯奶茶就到了。就在这时候,金老师来到我的办公室,看到那么多奶茶,惊呼:"你这是要送给这栋教师楼的全部老师吗?""哈哈，不是。"我摇了摇头，下巴往讲台下一扬，她立刻会意了，更加惊讶："给学生的？天哪，你的学生也太幸福了吧！""没事，六年级，还有十几天要毕业了，我答应送给他们吃两次食物的福利！"

看着办公桌面摆着的琳琅满目的奶茶，我仿佛奶茶店老板娘，大大方方地拿出芋圆葡萄递给小金老师："给！请你喝一杯！""有多的吗？"她有点顾虑。"当然没问题，喝吧！"我笑嘻嘻地回答，心里想，你喝的是我为自己点的那杯呢，肯定不会少了学生的。

我到了教室，一片欢呼，不亚于英雄凯旋。

"给我！给我！"

"别挤！排队来领取！"我连忙制止无秩序状态，让他们一个接一个上台来领取各自的奶茶或果茶。

也是奇怪，到最后，所有的同学都领取了，唯独阿想没有。他本来就是个"外星人"思维的男孩，这不，他靠在墙壁上，一蹭一蹭，墙壁上的白灰都被他蹭下来了，他也不管，口里还念念有词："是我不配吗？我不配喝的，没事，是我不配……"我一听，又好笑又好气，连忙说："看来是商家少给了一杯，别急，现在重新给你买！""不，我不要了，是老天爷不给我这个运气……""天哪，阿想，你胡扯些什么，别乱说，老师不也没喝吗？"我嗔怪道。就在这时，小芝同学腾地站起来，瞪着两只大大的眼睛说："我知道了！是把阿想的奶茶给金老师喝了！""金老师？"我一时回不过神来。

"就是刚才在你办公室的金老师！她不是正在喝奶茶吗？她又没有订购，肯定是你把阿想的给她了！"小芝同学仍然在"摆事实，讲道理"。

我无可奈何地望着她,摇摇头,唉,这个娃娃,该懂的不懂,不该懂的瞎猜,就是精灵过头了。"那是我自己的,你可以问卓男,她让老师多买了一杯,当时下单就是47杯。"我也不想生气,只是极其平淡地说,"估计是商家少算了一杯,不过没关系,那么多杯,又要半个小时要到,难免出错,不责怪他们了,现在老师给阿想重新买。阿想,你不要难过,自己来挑选口味,先苦后甜嘛,更难忘。"

他眯缝着眼睛,咧开嘴笑了。

小芝低下了头,从她泄气的表情就能看出她有点后悔刚才的"仗义执言"。

我有一点感触:明明是一片好心,差点就因为一点小错误,消除了好;人们往往会因为坏人变好而忘记他所有的"坏",也往往会因为好人做的一件坏事而记住他所有的不好。是墨菲定律的哪一条了?嗐,忘了。

不看不知道，一看吓一跳

早就进入了复习阶段，每天都是读读背背、听写比赛、小测验之类的，孩子们被题目征服了，我也被试卷征服了，很辛苦，就像战斗一样，越到最后越艰难，就像跑800米一样，最后50米是呼吸最困难的……

课间，并没有急着回办公室，而是坐在教室的学生座位上直喘气，像条老狗。嘻嘻，这个比喻似乎不太恰当。

突然看到几个学生在一起嘻嘻哈哈的，有小马、阿婷、小桓和阿志等，现在的孩子早就不像当年的我们，我们那时候男女授受不亲，而他们呢，男女生在一起毫无芥蒂，大大方方、自自然然。看到他们在一起开心玩闹的场景，我总是很羡慕他们，也不由自主想到了自己那禁忌太多的学生时代。

"你们在干吗？"我好奇地凑上去。

原来他们在看一本毕业同学录，谁的呢，阿锦同学的。其实，临近毕业，每天都能看见他们写同学录并互相传阅，但是我工作忙，也没有太在意。今天趁此间隙，看看他们写了些什么——

姓名：　　　　　　生日：

手机：　　　　　　邮箱：

最喜欢的同学：　　最喜欢的食物：

不敢做但最想做的事情：

想做的事业： 　　　　　对我说的话：

大致就是这些内容，我随便翻翻，看到了许多平时意想不到的"答案"——

最喜欢的事物有"吃某个同学"，最喜欢的同学一般都是想写谁就写谁，一点也不躲躲闪闪。不敢做但最想做的事情，答案更是离谱，吓得我连连摆手，瞪大了眼睛。他们连忙解释道："老师，别紧张，都是闹着玩的！我们是在比谁的话更狠更刺激而已！"好吧，我承认看不懂这些孩子，平时他们都斯文得很。

还有个男孩子写"不敢做但最想做的事情"是去骂校长一顿。哈哈，这不应该是我们这些老师被惩罚时内心的想法吗，什么时候变成他的愿望了？唉，真想唱一句："对面的老师看过来，看过来，看过来，这里的学生毕业留言很精彩，很精彩。"

至于想做的事业，答案也是千奇百怪，居然还有想去宇宙找外星人的……跟我们这代人太不相同了。

至于喜欢的人，他们也是很敢于表达的。比如有个男生，小胖娃的模样，平时沉默寡言，但是写这个，丝毫不避讳，写着心仪女孩的名字，还要补充：喜欢这个女孩，做梦也梦见了她，很美好……好吧，舒杨老师承认自己笑得合不拢嘴了。

"舒杨老师，不要看啦，这里面的东西，真的不适合你！"小马个子很高，很有礼貌，走到我跟前，老成持重地摇摇头说。

"好吧，不看了，不看了。"合上毕业留言册，我心想，这"一〇后"的孩子们哪，都是很洒脱、很爱开玩笑的，他们用这样的方式慢慢长大，渐渐远离童年时代……

上门记

开学第一天

从 16 岁走上教师岗位的娃娃老师，到如今 47 岁的中年人，我的生命已处于秋天，即将步入深秋。我喜欢这个年龄，把许多浮躁去掉了，让我变成了一个稳重的、不轻易动感情的人，不知道学生眼里的我是怎样的，也许我也该好好地走进学生的心灵深处了。

女儿的一句话提醒了我。就在我眉飞色舞地吹嘘自己如何专业地引领学生进步的时候，比如作文，我是怎样设计，孩子们是如何"小大人"般遣词造句的，女儿突然来了一句："妈妈，有学生跟你倾诉烦恼和委屈吗？"

我怔了一下，啊，好像好久没有过这样的时候了。更多的时候，我是和他们探讨如何提高学习成绩，如何拿高分，如何"偷懒"但又驾轻就熟地锻炼思维，我总是和学生讲得津津有味，而心灵问题，真的好久好久没有触及了。

"如果没有学生跟你倾诉关于家里的烦恼，比如父母关系之类，那你就还……不算好老师吧。我的同学就说过，小时候的家庭烦恼幸好向她的小学老师倾诉了，她才渡过了难关。"

是吗？我眉毛一挑，似乎想反驳，但又颇无力。

"我……我是任课老师，不是班主任。"

"可你是老师呀，是老师就能让学生敞开心扉的。"

好吧，我承认，是自己做得不够好。

这批孩子我带了两年半，看着他们长大。只剩下短短的四个多月，他们就要毕业了，也许其中的绝大部分是终生再难见面了，只剩下时间长河里一个淡淡的符号，他们的名字留在表格里，某一天再次念起这些名字，也许连脸都忘记了。

"十"代表圆满，如十全十美、十分欢喜。就在第十批毕业班即将离校之际，我每天记下琐事吧，想把日子留住。人越老就越珍惜手中的时光，如同在沙滩上抓一把贝壳，松开手，许多贝壳从指缝中洒落，剩下的这几个就舍不得漏掉了，攥紧它，就是拥有了它。时间之主，能否答应我这个小小的请求呢？

要穿正装和白衬衫迎接学生，七点四十分到校。"网课时代"结束了，今天是开学第一天，我有点感慨。

碰到的第一个学生是小灵。大年三十那天，我碰到了她，原来她家里人在菜市场卖鸡蛋、杀鸡，她正在后面帮父母清扫垃圾，准备过年。看到我，她犹豫又害羞，眼神有躲闪，口罩虽然掩盖了她的大半张脸，但我还是认出了她，惊喜地喊道："小灵！是你！你真棒，帮父母干活，真是好孩子！"她眼神中的疑惧渐消，变得平和了。在我买鸡蛋时，她父亲进来了，认出了我，称好鸡蛋，说不要我的钱。我用手机扫二维码，付了18元，抬头一看小灵，她的眼睛笑了，像清纯的小溪水。嘿嘿，舒杨老师怎么会让你为难呢，傻孩子。

所以今天真巧，第一个又碰到了她，她跟我打招呼，我说："嘿，又是第一个碰到了你，真有缘分！"她友好地笑了。

碰到的第二个是阿珊同学。去年她在《红楼梦》的课本剧《红楼春趣》里扮演林黛玉，给我留下深刻的印象。她不光容貌清秀，

上门记

语言、动作还富有古典美，让我有点惊异，小小年纪，倒是一棵有艺术感受力的好苗苗。她依然是娉娉婷婷地从我身边"游"过。

第三个是语文课代表——求学期间天天和我在一起的小涵同学。她值日，所以守卫在学校的风雨廊，看到我，粗声粗气地喊一声："舒杨老师！"呵呵，这个家伙，声音总是有一种男孩子的感觉。我看到她颇感亲切，搂住她，笑吟吟地问："想我了吗？""呃呃……想啊！"在几个值日官面前，她有一点点害羞，我赶快把她松开了，小孩子的心理，我似乎随时能够觉察到。

到了停车场，眼前一个身影晃过去，瘦高个，马尾辫，身材挺拔，走路一顿一顿，还有那熟悉的花口罩，我用余光捕捉了她，忍不住叫道："卓男，你这个家伙，竟然不叫我，躲过去……"她笑了，轻轻说："舒杨老师好。""嗯，怎么了，不理我了？""没有啦……嘻嘻！"她知道我跟她开玩笑，笑嘻嘻地回答。她是教职工的女儿，跟所有老师都熟悉，跟我之间也是毫无芥蒂的，我对她来说亦师亦友了。47岁的"老朋友"，是我占便宜了，哈哈。

第一节课，我没有准备上新课，他们很安静地等着我。

首先跟他们解读了六个单元的主题，分别是"民风民俗""阅读单元：世界名著""习作单元：流露真情""综合性学习单元：奋斗的历程""科学思维""综合性学习单元：告别小学"；然后说了课文后的10首古诗词背诵，讲了词牌名的由来，跟音律音乐有关。

我感谢了一下在我生病期间送来药物的家长，阿锦的妈妈托人送来退烧贴，小蓉父母送来布洛芬，阿因妈妈也说随时可以送来药物，等等，尤其感谢了给我送来橙子和止咳糖浆的小冉同学。我面向同学们说："虽然老师平时会夸成绩好的同学，但是最可贵的当然是一个人的品质,比如善良、乐于助人,比如有同情心、同理心,有这些品质的人是值得我们学习的。所以,我作为当时缺乏药物、接受你的帮助的人,能在此表达对你的感谢之情吗?比如咱们握个手?"全班为小冉鼓掌,他非常感动,眼泪汪汪。我伸出了右手,小冉也赶紧伸出了手,我们紧紧相握。

师生的手都是热热的,眼睛里都是澄澈的浅浅湖水。

孩子们,舒杨老师会珍惜你们的,让我们接下来把每个日子都过成"闪光的珍珠",毕业那天,连起来就是一道彩虹!

上门记

小芝的吉利好词

今天学习《北京的春节》，有件事要记录下来。

大年初一，除了书上说的拜年和逛寺庙，还有什么？

对，这是一年的第一天，一定要说吉利好词，比如"大吉大利，财源滚滚"之类。小芝同学举着手，又放下，似乎有话要说，又忍住了。

下课了，她见我手边又是教材，又是手机，又是硬盘，就说："老师，我帮你拿回办公室吧。"

我们一起下了楼，她笑着说："刚才我想说，在我的老家，大年初一要说吉利好词，我爸爸要我背从一到十的吉利好词呢！"

"一帆风顺、二龙腾飞、三阳开泰、四季平安、五福临门、六六大顺、七星高照、八方来财、九九同心、十全十美！"她一口气背了下来。

"哟，挺好，不错不错，你待会儿抄在黑板上，让全班同学积累！"

"真的？"她有点不相信地停下了脚步，看着我。

"真的，这么好的话，可以推广一下。"我肯定地说。

"我这就去写。"进了办公室，她放下东西，即将走出门的时候，又扭头俏皮地看我，歪着头，给我个灿烂的笑脸。

这丫头，自信又找回来了。

今天就选"遮住脸"的哟

讲《鲁滨孙漂流记》，因为有爱琴、海燕和实习老师听课，我备课更加认真，语言也很清晰，服装是黑色西装、黑色毛衫、黑白米三色格裙子和黑色玛丽珍皮鞋，看上去应该是比较干净、清爽的。课也上得很好，自我感觉良好。

上完课检查作业的时候，小芝看着我，深情地说："老师，我今天好喜欢你！"

我淡淡地说："为什么？"

她非常激动地说："你今天好漂亮！衣服特别好看！很清秀！"

我早就习惯了她的各种情绪鲜明的表达，所以还是笑笑，回答道："谢谢！"

她差点从座位上走过来，抱住我："我真的好喜欢你呀！"

……

我逗他们："今天老师要去一个同学家里家访，谁想让我去啊？"

"我！我家！"还是小芝。

看我的视线准备转移，她又开始撒娇了："你为什么不去我家啊？"

"啊，哈哈，暂时不去，别着急。"

上门记

就在这时,我发现阿因、小维等几个男同学将语文书打开,遮住脸,这很明显嘛,就是"别到我家去"。

我打趣:"今天就选遮住脸的!"吓得他们三个马上放下书,我乐得不行。

就在这时,我发现小芝同学将语文书摊开,遮住了脸。这娃娃,怪机灵的!

嬉笑的小桓和流泪的小烁

想起了一些事情，趁着还记得，记录下来吧。

上课讲《竹石》，提到清朝郑燮是个很有骨气的人，因为"千磨万击还坚劲，任尔东西南北风"，要抓住"坚劲"这个词来理解："同学们，'坚'就是挺拔，那'劲'呢？"

小冉眨巴眨巴眼睛，似乎看到了竹子的形象，说："'劲'是有力。"

我说："'劲'是你说的有力吗？如果说'坚'是像你这样挺拔，因为你把身子挺得直直的，头昂得高高的，那么能说你'坚劲'吗？"同学们都笑了。

"不能。"他小声回答。他是班上最瘦小的男孩。

"对吧？明显就不是，因为小冉太——瘦了！"

同学们说："对，他是坚瘦、坚脆，一推就倒。"小冉自己也笑了，因为他实在是"弱不禁风"，像林妹妹一样，不说大风狂风，一阵东风似乎就能把他吹起来。

我接着逗他："是呀，你这身板就像林妹妹一样，就算你挺直身子，也不能说'坚劲'。这样看的话，'劲'是什么意思？"话音刚落，我做了个"大力水手"的姿势提醒他们。

学生们都懂了，说："是强壮、结实。"

"对，磨难重重复重重，然而我们的竹子长得既挺拔又壮实。

任尔东西南北风，你们认为东西南北风是什么？"

学生们说是东风、西风、南风、北风，我笑了："看你们这个意思，就是东南风不行了？西北风也不算了？如果刮的是东南风、西北风等，竹子就不能坚劲了？"

"不是啦，不是啦。"学生们纷纷说。

"那这个解释就有问题嘛，东西南北风只是指四个方向的风吗？"

"老师，我明白了，东西南北风就是无论哪个方向的风。"

"嗯，这就对了嘛！只不过作者是用东西南北来指代嘛。对于托物言志、借物喻人的诗，你认为东西南北风是指作者要面对什么？"

"老师，我知道，要面对打击、磨难。"

"我知道，要面对排挤、报复。"

"哦？真的只是这样吗？孩子们想想，东风大多发生在什么季节？给你什么感觉？"

"对，东风是春天，暖洋洋的。夏天呢，又闷又热，刮的是什么风？"

"刮的是热热的南风。秋天是吹落满地黄叶的西风，冬天则是大雪纷飞的北风。那这么看来，作者要面对的是打击、磨难，那应该是任尔西风和北风，怎么还用催开百花的春风和熏人懒困的南风来比喻打击磨难呢？"

"嗯——"他们的思维卡住了。

"哈哈，难住了吧？其实人生的道路上，要想笔直、周正、壮实，不仅要能抗击像西风、北风那样的报复、打击，还要能在那温暖如春的东风和暖意融融的南风之下有所坚守，有时"糖衣炮弹"比真正的炮弹更可怕啊!"

"哦!"他们恍然大悟。

"好了,你在生活中遇到过'东西南北风'吗?说说看你是怎样面对的。"这个课后问题,我提前让他们来说说。也许是因为我太喜欢诗词,对此倾注了太多情感,所以更想让孩子们深层次地领悟和有所收获。没有想到的是,小桓同学举手了。

他笑嘻嘻地说着一件悲伤的事:"有一次,我的头发剪得短短的,因为太短嘛,来到班上,大家都嘲笑、讥讽我。有的同学说是'神经病头',有的同学起哄骂我傻子,不光是男同学,还有女同学也这样笑话我。我难过极了,非常痛苦,为什么每一次同学们都要笑话我,当我是笑料?"

他讲完了,脸上的笑容也渐渐凝固,变得悲哀起来,但是当同学们静静听完,阿航突然插嘴:"那就是傻嘛!就是个怪头发,不好看嘛……"几个同学"呵呵"笑起来,教室里嗡嗡的。小桓看到这情况,又笑嘻嘻的,露出右边脸上的大酒窝,然后摸摸头,笑着低下了头。

我一字一顿地说:"他们笑话你,你自己竟然还跟着笑,这也许是你自己造成的,总是把自己当开心果,去取悦别人。老师认为你首先应该取悦的是自己!如果再有人这样说你,你就不要笑,板着脸告诉对方,我不喜欢,再说我就不理你了!"

唉,小桓,解铃还须系铃人,你自己慢慢体会吧。

突然,小烁举手了,我示意他说说自己的"东西南北风"。他开始讲述了,一开始是带着笑容的:"老师,我从小有个最要好的朋友,从一年级开始,我俩就形影不离。他喜欢打篮球,我就陪着他。我本来是不喜欢篮球的,为了他,我就每天待在篮球场。

可是有一次，他竟然跟别的班的同学说，他不想跟我玩，是我自己要天天跟着他，很讨厌……啊，听到这句话，我别提多难过了！为了跟他的友谊，我牺牲了自己的爱好，跟他打篮球、做拼图，没想到竟然是……竟然是……这样的……结果啊！"他泣不成声。

教室里突然安静下来了，因为小烁同学平时是个极其阳光的人，每天都笑嘻嘻的，每天都在理解、关心着别人，在大家眼里，他原本是个"完人"哪！可现在他哭得上气不接下气，哽咽不止，我们都觉得如鲠在喉，触动了心事。是啊，谁没有伤心的事情，谁的人生没有东西南北风？

"小小少年，很少烦恼，眼望四周阳光照……随着年岁由小变大，他的烦恼增加了……"

比如今天的我吧，遭到领导质疑；呕心沥血地辅导学生参加手抄报比赛，却没有获奖；老家弟弟过来，晚上还要陪他去应酬；学员试课不成功……这一连串烦恼压得人喘不过气来。可是，是被困难压倒呢，还是迎难而上，重新振作？罢罢罢，还是让我们来读最后两句吧："千磨万击还坚劲，任尔东西南北风！"

"对，最后请用感叹号，铿锵有力一点——减轻内心的脆弱和彷徨。"

其实我明白，一个班48个孩子，为什么是小桓和小烁举手回答这个问题，因为他俩平日都是班里的开心果，是早熟的孩子，生怕别人不喜欢自己，会为了别人的喜恶而改变自己的选择。唉，都说讨好型人格的人表面是阳光的，是爱笑的，其实内心早就千疮百孔，早就不堪重负——

小桓，我希望你不要笑，严肃一点，冷峻一点。小烁，我希望你不要只是去理解别人，从容一点，语速慢一点。其实你们俩都挺棒的,不需要讨好别人,做自己,好吗?请"自私"一点点,因为压倒骆驼的都是最后一根稻草。

既然是"大人"了

周一的语文课不打算讲新课。一般来说,没有认真备课,我是不敢上课的。很多人说:"你教过那么多遍了,闭着眼睛都能讲啊!"看似有理,其实哪能呢?就像演员上台一样,如果情绪没有酝酿好,角色没有感觉好,上台也不能入戏,不能打动观众的。同样啊,我每天都登台,每天都见48个孩子,如果讲《军神》,自己不能对刘伯承产生强烈的敬佩之感,那就很难打动学生;如果讲《匆匆》,自己都还在浪费时间,没有感受到时间的紧迫性,那珍惜时光对学生来说也是纸上谈兵。所以每次上新课,我都必须仔细钻研教材,全身心投入课文里,有时候自己是"雨来""郝副营长",是"鲁滨逊",有时候又是"朱自清""鲁迅"……唉,看起来容易的事情,哪有那么容易!说真的,为了备课,每天都要死不少脑细胞。对那些以为当老师很容易而准备当老师的人,我奉劝一句,不要自欺欺人,更不要误人子弟,早点打退堂鼓吧。

因为没有充分备课,就不打算上新课,我想了一下,首先播放第二单元的听力题,让孩子们完成五道听力题。这个学期,教室的电脑屏幕竟然坏了两次,于是,我在播放听力题时,首先清理了一下电脑屏幕上的文件夹——太乱了,各种资料都堆在上面,有五六部影片,有班会课的PPT,有安全教育的文件夹,不光这个学期的,还有上个学期或者上一届学生的。于是,我开始整理。

电影太多了，难怪开机很慢，而且这些电影看过了就应该删了，学习任务已经够重了，并没有多余的课堂时间来看电影。删除了《飞驰人生》《大头儿子和小头爸爸》《爱丽斯漫游仙境》……顺便说一句，《爱丽斯漫游仙境》是改编的版本，我看过，觉得跟原著相隔太远，并不建议学生观看。就在我删影片时，小芝不满地瞪着我："你已经删了四个！"她的眼睛里明显充满了不满，语言也没有礼貌，连老师都不叫。我心里咯噔一下，这个孩子没大没小的，有点超出我的忍耐限度了，我冷冷地说："为什么不能删？"顿了一下，"电脑屏幕不停地坏，你们不是不知道，老师清理一下而已，有意见，是吗？即使有意见，要用这样的方式来表达吗？不懂得尊敬老师吗？"小芝同学听后，并没有觉得惭愧，反而更加不满了，直勾勾地瞪着我。唉！面对青春期的孩子，我也是有点"黔驴技穷"。

就在这时候，小骞连连挖苦小芝："对对对！你是没有礼貌的！要尊重老师！"他这是"趁火打劫"，哪里是在批评小芝，似乎是故意惹大家发笑。我气打不一处来："小骞，你不要火上浇油！难道你就尊重老师了吗？老师讲过多少回，不要讲脏话，不要用太多网络语言，你哪里肯改？你以为我不知道吗？我早就想提醒你了！"他吐吐舌头，低下头，不敢说话了，来了个"沉默是金"。

回到办公室，批改完第二单元的试卷，得了 A++ 的是小芝，最高分，我只是淡淡地把试卷发给她，没有表示太多的惊讶和赞扬。要是在往日，我肯定笑容满面，两眼放光，声音提高，夸张地说："哇，小芝同学，你是班里的佼佼者，太聪明了，竟然得了 A++！大家为她鼓掌！"然后，我会带头拼命鼓掌……

有时候，要把他们当"大人"看了，既然他们认为自己是大人，那就需要对自己的言行负责，你们的舒杨老师今天是内心不痛快的。

最讨厌的是语文

继续批改自测卷，习作的题目是"我美丽，因为我有＿＿"，横线上可以填"自信心""感恩心""责任心""自立心"等。别的同学都是怕出错，从这四个词里挑选一个，保准不离题，小宏同学是唯一不肯填提示词语的一个，他的题目是"我美丽，因为我有兴趣"。文章写他从一年级开始就喜欢解答数学题，尤其是难一点的题目，他感到特别有兴趣，如五年级的鸡兔同笼问题。他喜欢挑战，在钻研、思考中得到了不少乐趣，正因为有乐趣，学习和思考相辅相成，也就喜欢上了数学；而英语，他觉得太简单了，不值得学习；语文呢，纯粹就是讨厌罢了。看到这里，我有点奇怪，就提笔在旁边批阅："为什么你不喜欢语文？请摆出事实、讲清道理。"这篇独特的习作得到了我的欣赏，他在结尾写："人做什么都有个兴趣所在，做自己感兴趣的事情，一点也不累，而且能够做出成绩来；若是自己不感兴趣的事情，怎么做都是不开心的，也就美丽不了。所以我认为，我美丽，是因为我有兴趣在那里！"

虽然他才 11 岁，但是讲出了很多大人都不明白的道理，有的大人终其一生碌碌无为，随波逐流，就是没有找到自己的兴趣所在，不明白自己到底想要什么。虽然小宏同学有点"可恶"，赤裸裸地挑明最讨厌语文，但是他的"前瞻性"还是得到了我的认可，习作得了全班第一。

  其实，我观察到，在发自测卷的时候，发到他前后左右的同学，他挺紧张的，竖着耳朵听着，脸色也越来越凝重。我宣布他是 A+ 时，他露出了甜甜的笑，一对洁白的虎牙露出来，还有两个深深的酒窝，甜蜜极了。这个"最讨厌语文"的家伙，为何这么重视结果呢，你讨厌的不过是对语文没有"自信心"，对吧？

舒杨老师的从教感言

第一单元有个口语交际环节,叫"即兴发言",提示可以在"欢迎新同学、家宴上的祝福语、获奖感言、讨论会上的发言、突遇采访"等情境下说话。为了鼓励孩子们,我创设一个情境,故意接电话:"喂,是丁校长吗?什么事?"当然没有这回事,我是故意的。

"哦,好的!好的!不过,有点突然啊,我怕说不好……"

"好吧,我五分钟后就过来,好吗?"

放下电话,我愁眉苦脸,唉声叹气,似乎无心管学生的上课纪律。他们本来有点讲小话,看到我这样子,都安静了下来,望着我。

"唉!唉!"我又是摸头又是叹气。

"什么事?"终于有人打破了沉默。

我耸耸肩:"没什么,你们也帮不上什么忙啊,是电视台的人突然要过来采访,说要派一名从教30年的代表接受采访,发表从教感言。"我叹口气,继续说,"可是,只给我10分钟时间准备,我……好紧张!"

"不用紧张!"他们倒是热心肠。

我此时才把目光投向他们:"那你们愿意帮助我吗?我先打个草稿,在你们面前说一遍,你们评价评价,提点建议?"

上门记

"好!"

"没问题!"

就这样有了下面这篇"从教感言",首先申明,即兴创作,请多指导——

尊敬的领导、电视台的工作人员、全体老师:

大家好!

我叫舒杨,出生于1976年,1992年从师范学校毕业后,成为一名小学语文老师。大家可以算一下那时候我多大年纪,对,16周岁。现在16岁的孩子可能还在读高一吧,可我那时候已经走上了社会,成了一名小学老师。所以回想自己30年的教师生涯啊,颇多感慨:前十年属于懵懂期,也就是说,在工作中是没有方法的,也不太懂教育的意义,只知道自己是一个老师而已;对学生呢,也没有什么方法,只是一味地逼着学生学好,他们成绩不好的话,我会发脾气。当时有些学生是不太能理解的,所以这样也会造成师生关系不那么融洽。你们知道吗,我教的第一批学生已经三十七八岁了,现在也已经是中年人了。他们现在看到我,有一些会说:"舒杨老师比我矮多了,为什么我小时候会认为你很高呢?"挺有意思的。

后来呢,1999年我来到了东莞,当时是一名代课教师,对我来说压力很大啊。想在东莞这个经济发达的地方立足,肯定要付出比别人多几倍的努力。在这里,我成了一名非常优秀的老师,每天都认真地备课,认真地上课,对学生也挺有耐心,对领导交给的任务从来都不推辞。啊,回忆起来,我曾经代表镇区的语文教师去参加市级教学比赛,拿到了第一名。正因为这样,我在本镇的教育界站稳了脚跟。但其实那个时候呢,我还是不懂得教育的真谛,教育对

我来说啊，更多的是立足之本。

最近这十年呢，即从2012年到现在吧，我在教学上是一个突飞猛进的状态，主要是因为我接触到了全国的许多特级教师，比如说于永正老师、窦桂梅老师、王崧舟老师、薛法根老师等。那些能够在全国成为"大家"的人，不光学识渊博，品格还非常高尚。他们给我留下了极其深刻的印象。所以后来这十年，也许也是年纪大了的缘故，面对学生，脾气一天比一天好，性格一天比一天温和，在教学中游刃有余。以前我更讲究的是"术"，也就是学科专业知识，现在主要悟的是"道"，那就是要对学生好。曾经有一位名人说，要从经师到人师，经师更多的是教授知识，而人师更多的是立德树人。我对现在的教学状态很满意，其实成功也好，失败也好，获得的那些荣誉也好，都不重要。在现在的自己看来，最重要的还是"师父"跟"徒弟"之间的感情，要在学生的生命中扎根，让每个孩子因我而变得更美好，让很多家庭因为我的存在而增添一丝光亮，这是我的想法。

接下来谈谈，在退休前还有八九年的时间，我希望把教学经验写成书，认真教书，并且写好心得、感受、感悟等，把它编成册。

我送给年轻教师的话是，不要急躁，不要发脾气，不要急功近利。我们所做的事业确实是很伟大的，孩子们不是我们成名成家的一种工具，更不是我们为了生存所需而要面对的事物。我希望年轻老师记得这一点，我们所从事的工作，不一定能让我们富裕，但换个角度，我们其实也是富有的——只有在别人心中成为一个种下生命的人，让别人的生命变得更美好，这才是真正的富翁，心中无缺才叫富。我希望每一个年轻教师都心中无缺，生命无憾，希望更多孩子变得更好。这就是一个老教师的"从教感言"。

上门记

学生听完后,发表的意见有这么几点:

一、请老师不要中间用"嗯""哦""呃"这样的语气词,会影响发言质量;

二、老师不要谈自己内心的太多想法,要讲一两个教育学生的故事,这样才能吸引听众;

三、舒杨老师,你是我们最喜欢的语文老师,不用担心我们对你的情感。

好吧,我承认第三条让我惊喜,哈哈。舒杨老师会笑过之后保持淡定。孩子们,你们的人生路还长着呢,还有许多"好老师"在前方等着,不能此刻就说"最"喜欢啊!

"最"老师越多才越好呢,我乐着呢!

啊，这洱海边的月亮

第一次教《走月亮》，读到这篇课文，就觉得很难。那么多抒发情感的"啊，阿妈""哦，阿妈"，加上一些重复性的表达，"照亮了，照亮了……去看看，看看……走着，走着……"，光是"啊，我和阿妈走月亮"这个句子就重复了四次。这样口语化、有地方特色的语言，让从未去过云南洱海的四年级小娃娃来学习，他们能懂吗？因此，一开始我并不看好这篇课文。

但没有想到的是，孩子们竟然都说很喜欢这篇课文。我问他们原因，小冉竟然说最喜欢"稻谷就要成熟了，稻穗低垂着头，稻田像一块月光镀亮的银毯"这个句子，因为觉得很美。我有点诧异了，看来我还是没有站在孩子的角度去看问题，尽管常自诩懂孩子。

这节课从生活中的月光谈起，刚好是农历七月十六，月亮确实很圆很美，像油画。对，油月亮。好了，然后就用句子带生字词语的方法，一边解决朗读的难点，一边学好生字词。个别生字如"卵"和"稻"是一定要带学生一笔一画写的，笔顺要写对，而且以后要反复巩固。有些带有生字词的句子需要用图片来增强直观性，如"灰白色的鹅卵石布满河床"，"收庄稼前，要把道路修一修，补一补，这是村里的风俗"，"稻田像一块月光镀亮的银毯"，"啊，我和阿妈走月亮"。借助图片去处理就能较为

上门记

轻松地突破难点。

在课文的解读上,我抓住了最后一个自然段,发现四个"走过"恰好与前面的段落相呼应。于是,我抓住这个点,做了一张PPT,去表现这个"跋山涉水"的过程。还有一个比较巧妙的地方是,在整篇课文上圈出所有出现"啊,我和阿妈找月亮"的地方,然后问学生分别在哪里"走月亮",学生回答"溪岸""果园""稻田",这样去把握全篇结构。这种设计比单纯地问学生"我和阿妈走过哪些地方"要有效很多,发现自己最擅长的方法就是"化难为易"。

在拓展方面,通过纵向和横向两条线去拓展:横向是月亮下你有过哪些活动情景,如月下骑自行车,月下荷花池边散步(联想《荷塘月色》),月下思考,月下酣眠(联想《湘云花间醉》),月下海边沙滩玩耍、放烟花,月下玩捉人游戏,月下捉迷藏,等等;纵向是大自然还有许多美好的事物,月光是美好的,阳光是美好的,听风赏雨也是美的,日出日落是美的,星河灿烂是美的(伏笔,为引出后面的课文《繁星》做准备)。这节课算是顺利结束了。

如果此时此刻我鼓励学生背诵王维的《山居秋暝》,他们至少能记住"明月松间照,清泉石上流",那该多好!再譬如,还能够鼓励孩子们读书,如《青铜葵花》或《根鸟》,或者看看电影《雪人奇缘》,应该会更有意思一点。

感觉在启发孩子们的思维上,做得还是不够,牵着他们走,是我放不开手脚吗?

向艾青的《绿》致敬

《绿》是一首现代诗,仔细一想,得借用课件了。我首先琢磨的是教学目标:

一、感受"绿"的神奇与大自然的美妙。

二、感受作者奇特的写作手法,用颜色来表现景物,表达自己对生机勃勃的自然的赞美。

三、拓展思路,仿写现代诗。

基于这样的教学目标,我是这样来教学的——抓住第二节中的"墨绿、浅绿、嫩绿、翠绿、淡绿、粉绿……绿得发黑、绿得出奇",这些词语用PPT上的图片来展示最恰当不过了。至于"刮的风、下的雨、流的水、阳光也是绿的",这没必要讲太多,否则学生不一定理解,不如另辟蹊径,还是请出风、雨、流水和阳光这些景物的动态图来,直观、形象。

然后出示句子:"好像,到处是绿的……"学生看过那么多绿色的图片后,很有感触。有的说:"好像神奇的画家打翻了他的调色盘。到处是绿的……"有的说:"好像绿色的河流淹没了这里,到处是绿的……"

再出示书中艾青的原句:"好像绿色的墨水瓶倒翻了,到处是绿的……"我并不告诉学生谁的想象更好,学诗的目的在于激发想象力和创造力,只要学生愿意去想,就是成功的课堂。

继续启发学生,这么多绿色集中在一起,无边无际,浩浩荡荡,你会想到现实生活中的什么景物?(提示:一大片一大片的!)

学生恍然大悟:"是森林!""是树林!""是春天!"(这个回答"春天"的孩子相当了不起,有诗一般的心灵。)

森林会有两种形态的美:静态美和动态美。"你们找到相关的章节了吗?""找到了!"让男女生分别用朗读来表现"绿"的静态和"绿"的动态,学生读得兴味盎然,摇头晃脑,仿佛变成了一棵棵树。

最后,我问:"大自然只有这一种颜色吗?""在不同的季节,会有不同的主调色彩……"学生大声回答,"秋天是黄灿灿的(稻谷、麦穗),也是火红的(枫叶、柿子)。冬天是雪白的(下雪了)……"

课的最后,他们仿写诗歌了:

黄

好像黄色的墨水瓶倒翻了,
到处是黄的……

到哪儿去找这么多的黄:
鹅黄、嫩黄、土黄、
金黄、浅黄、橙黄……
黄得发亮,黄得出奇。

刮的风是黄的,
下的雨是黄的,

流的水是黄的,
阳光也是黄的。

所有的黄集中起来,
挤在一起,
重叠在一起,
静静地交叉在一起。
突然一阵风,
好像舞蹈教练在指挥,
所有的黄就整齐地
按着节拍飘动在一起……

于是又有了新的诗歌《红》《白》《蓝》,突然有个小男孩大声说:"老师,世界是五彩的,因此,我要仿写的诗歌是《五彩》。"小孩子的想象力真是很丰富,思维也活跃,做老师的就是要激发他们的潜能,唤起他们的创作欲望啊。

来一场关于"婚恋观"的教育

现在的教材里有书法名家的推介和代表作，相比于以前，显然更重视书法文化。之前我们已经学过欧阳询、颜真卿、柳公权等名家的大作，现在轮到赵孟頫了，这可是我最喜欢的书法名家，我忍不住搜起了赵孟頫的资料。赵孟頫是宋代皇室宗亲。后来，宋朝灭亡，元世祖忽必烈派人去江南寻名仕才子为元朝出力。忽必烈见到赵孟頫后先就被他的气度和神采打动，赐座；后来发现了他过人的才华，拟的诏书皆合其心意，于是重用他。赵孟頫深知南宋遗官在元朝为政，不免被人诟病，于是在尽可能认真严谨地处理政务的同时，寄情于笔墨，用书画来建构精神世界的"桃花源"。他的《三门记》是教材里重点推崇的作品，但我感觉这并不是他最好的作品。和颜真卿、柳公权相比，他的楷书还是多了一些严整，少了一些壮美和骨劲。在我看来，他的《道德经》几乎达到了巅峰状态。

查阅到他的夫人——管道昇时，我真是吓了一大跳。管道昇，奇女子也，出生于吴兴乌程县（今浙江省湖州市），天资过人，性格开朗，"翰墨词章，不学而能"，加之长期而全面的学习，她在童年和少年时期就打下了坚实的文学基础，培养了多方面的艺术才能。

1288年，管道昇至京，是年即与赵孟頫认识并成婚。两位旷世才人终成眷属，在一生中相互学习、相互促进，同心同德、相敬如宾，既能各自独立，又能珠联璧合，堪称天造地设的绝配。

管道昇擅长画竹、兰、梅，尤其是竹子。她采用了新画法"燕飞式"，将竹叶画得片片灵动。她与东晋的女书法家卫铄"卫夫人"，并称中国历史上的"书坛两夫人"。尽管她身为命妇，享受着荣华富贵，但她同岳飞一样认为"三十功名尘与土"，同赵孟頫一样向往"归去来兮"。所以说，她是赵孟頫的知己和得力助手。相传《我侬词》为管道昇所作，中年的她"玉貌一衰难再好"，长期以来的各种琐事将她以前的容色消磨殆尽。赵孟頫对婚姻的忠贞便开始动摇，准备且坚持纳妾。在这婚姻危机的关键时刻，她一不疾言厉色，二不依来顺受，而是以一种通达而严肃的态度创作《我侬词》，表达感受："你侬我侬，忒煞情多；情多处，热似火；把一块泥，捻一个你，塑一个我。将咱两个一齐打破，用水调和；再捻一个你，再塑一个我。我泥中有你，你泥中有我；我与你生同一个衾，死同一个椁。" 词中反映了重塑你我的批评与自我批评的科学态度，也反映了你中有我、我中有你的密切交融，成为表达伉俪情深意笃的千古绝唱。当赵孟頫看到她的这首词后，不由得被深深打动，从此再没提过纳妾之事。

在搜集这些资料的时候，我想，该不该讲这些呢？按照教材内容来说，只需要介绍赵孟頫是楷书四大家之一，并让学生欣赏他的代表作《三门记》，感受运笔自然，笔画圆润，结构严谨，平正宽绰即可。可是，他和管道昇的这份感情打动了我，封建社会的高官显贵终生坚守一夫一妻制，这实在是不多见的。想了想，不妨来一场关于"婚恋观"的教育吧。

"同学们，我们都认识了赵孟頫，他的诗、书、画都堪称大家，与唐朝李白、宋朝苏轼齐名,但是你们认识他的妻子吗?如果你知道他们的故事,就会感叹他有一位神仙伴侣……"

看着课件里的视频和彩页,学生们都被中国历史上这位伟大的女性管道昇深深感动了,没有人说话,课堂上听不到一点声音。尤其是讲到《我侬词》时,小苏同学听得全神贯注,眼神里流露出遐想。我问:"你们有什么感想?"

没有人发言。

"好吧,小涵你来说说。"我点名吧,也许他们有点害羞。

"嗯,老师,我的感想就是女人太不容易了!看到这些资料,我就想,女人首先要自己足够优秀,然后才能从容不迫地生活。当然,老师,我觉得还是……不结婚比较好。"

啊!我一口老血几乎喷出,如今的孩子呀……

"为什么?不是挺好的吗?"

"因为我怕自己没有管道昇那么优秀啊,所以想想就还是害怕婚姻。老师你看,她那么有才华,给赵家生了那么多孩子,三代培养了七名大画家,尽管这样,也差点被丈夫冷落,看来我还是不结婚吧!"

"你这是什么理论,老师是想让你们有别的感悟。换另一个发表意见。"

阿晴举手了,她害羞地说:"我……我倒不会认为不结婚好,但是我的意见是不管怎样,都要自己足够优秀。我爸爸就对我说,好好学习,增长知识,将来长大了,对方好或不好,都要靠自己!"

好吧,这就是一场关于"婚恋观"的教育,教育可不是直接灌输。孩子们,希望我的这节课能够给你们带去小小的心灵波动,那我就达成目标了。

什么叫"过犹不及"

《语文园地》上《词句段运用》板块有这么一道题：借助文言文里学过的字的意思，推测下面词语的意思，有"走马观花""自愧弗如""声泪俱下""不以为然""过犹不及"和"赴汤蹈火"等。其中的"走"在文言文中是"跑"的意思，所以"走马观花"意思是骑在奔跑的马上看花，比喻观察事物不深入，不细致。其他词语都还好，但这个"过犹不及"是有点难，"及"是"达到"，"过犹不及"就是做事做过了头和做得不够，都不好。这个词语用得比较少，所以孩子们并不一定能够理解。怎么办呢？我想了想，说："过犹不及，你们能在生活中运用吗？"

"不能！"回答倒是很干脆。

让孩子们稀里糊涂，一向不是我教书的原则，怎么才能深入浅出，让孩子们轻轻松松地掌握知识呢？略一沉吟，我就想到了——

"这样吧，孩子们，"我看了看教室后墙的挂钟，十一点半，还有半个小时就放学了，"中午的时候，老师一般都要吃两碗饭才能饱；假如只有一碗饭了，那就是什么？"

"达不到要求！"

"是呀，达不到我的要求。"我看他们还算机灵，上道了，于是继续，"可是如果硬要我吃四碗饭呢？"

"超过了!"

"是的,超过了,你们觉得四碗饭好不好?"我笑嘻嘻地问。

"不好!不能吃太多了!肚子撑,而且会得病的。"

"那如果只吃一碗呢?"

"不够啊,你会很快就饿的!"他们倒是一副"人间清醒"的样子。

"像这样,本来可以吃两碗,但是硬要吃四碗,那就是'过犹不及',也就是过头了,就跟达不到要求一样不好。"

"哦!"他们恍然大悟。

"什么时候可以用这个词呢?想一想。"我窃喜,只懂得意思肯定不够,还要会运用,那才算真正掌握了知识。

"老师,我知道!"小维同学举手了,看样子胸有成竹啊。

"您经常鼓励我们要活泼大方一点,做事不要那么害羞和紧张,可是如果活泼过头了,就成了多动症和顽皮,就跟不活泼一样不好,这就是过犹不及!"他倒是滔滔不绝。

"嗯!"我微笑着点头,"学习过了头,就成了书呆子,跟不学习的人没有区别了啊!看样子,小维是真正会用了,大家应该怎么样?"我示意他们鼓掌。

教室里响起了欢乐的掌声,气氛真好!

没有灵魂的"答案"

我要讲一件很有趣的事情。为了迎接学校的作业检查,师生赶做作业。由于我平时对那些枯燥无味的作业是比较反感的,尤其讨厌题海战术,所以对于学校订购的《同步学堂》的作业,有的题目肯定要做,但有些题目就不做,都是挑选着做。然而,学校检查是所有的题目一起看,如果不全做,在作业检查中就拿不到"优秀"。

于是,我想了一个办法,对于那些我认为出得不太好的题,干脆打印答案,给他们抄写。但在这样的过程中,也会产生一些笑话——

有一道题是用借物喻人的手法写一种物体。有个例句这样说:"竹子傲然挺立,教我们品格高尚。"然后呢,我就仿写了一个句子:"粉笔洁白无瑕,教我们做内心纯洁的好老师。"结果,万万没想到,有三四个同学都原封不动地照抄,让人又好气又好笑。我说:"你是要做老师吗?做纯洁无瑕的老师,对吗?"同学们哈哈大笑,我的肚子都要笑疼了。

还有一道题,让大家简答:"除夕之夜,你们的家乡有哪些习俗?请写出来跟大家分享。"于是我就做了一个范例:"除夕之夜,我会在这天做一桌年夜饭,至少八菜一汤;还会给我母亲封一个大红包,不少于2000元;再给女儿封一个小点的红包,大概 800 元。"我自认为他们都学会了，能够仿写了，谁知道有好几个同学又原封不动地抄下来。如阿锦同学一字不漏地抄，我见到他，夸张地问："天哪，阿锦，你真可怜！除夕之夜要做八菜一汤，还要给母亲和女儿包红包，奇怪，你有女儿了？"全班哄堂大笑，他自己也哭笑不得。

  就在这时，扭头之间，看见后排的小棠同学在拼命地擦试卷的答案，哈哈，估计她也是抄我的；再一看，教室里左右两边还有好几个同学都在重复着和小棠一样的动作。

  我觉得特别好笑，要是这事情发生在十年前，我都可能生气，也不知道是年纪大了还是脾气顺了，现在我只觉得好笑，就跟他们一起"哈哈哈"……

一点点心酸

放学前，我去教室讲同步练习题，然后检查订正情况。阿阳同学是最后一个拿给我看的，他很慢，因为他不会做；上课很难集中精力，因为他听不懂。不过，他仍然坚持着，算是比较努力的一个，尽管他的答案70%是错的，有时连个字也抄不对。

他的语文很难及格，平时自测、期末自测他都是最末尾那个，有时是30多分，有时是40多分，有时是50多分。

当他红着脸拿着同步练习题上台，我批改后，随口对他说："阿阳，要加油啊，只有两个多星期了，争取及格啊！"他眼睛亮亮的，鼓着嘴，从牙缝里吐出几个清晰的字："舒杨老师，我妈妈说，如果我考不及格，她就结婚嫁人了。"然后，他眼睛眨也不眨地看着我，两只眼睛无比澄澈。

我知道这个孩子不懂这是自己的秘密，也知道他单纯到不懂得保护自己。唉！这个可怜的孩子。我叹了口气，搂住他，贴着他的脸，说："老师很喜欢你。"他咧开嘴笑了。他哪里懂老师的心思！唉，我能改变他什么呢？成绩？将来？工作？人生？头痛！只能祈求上天，看在这是个比较善良的笨孩子的分上，别让他遭遇太多的坎坷。他父母离异，爸爸基本不管他，他不但要自理，还要跟新来的后妈相处，后妈还带来了一个娃。

大人太复杂了！

小孩"论理想"

我给孩子们读了我的第一届学生小元的日记。她是我的得意门生,上了重点初中、重点高中,后来考上了中山大学,再后来好像去了国外深造,回来后具体情况如何,因为失去了联系,我就不太清楚了。

小元的日记真是写得好!无一个错别字,无一处需改动,一丝不苟,整整齐齐,令人赞赏。因此,她的日记和漫画本,我都留下来了,今天拿出来给四2班的娃娃看,鼓励他们要从小养成认真的习惯,将来才能成为小元姐姐那样的人。

阿凯同学听完了,拦住欲离开教室的我,说:"老师,你看我的理解对不对?人一生下来就有了一个翅膀,只有一个啊!另一个翅膀,只有坚持不懈、顽强拼搏才会慢慢生出来。有了两个翅膀,人才能飞。如果不努力,人就只有一个翅膀,也就只能活在普通的层次,飞不到更高的天空,看不到更多的风景。"

好一个"层次论"!这家伙,才10岁就讲得出这番大道理,后生不可畏吗?

反正,我听完后——

吓了一大跳!

四月的阳光

四月,暮春时节,窗外绿树荫浓,叶隙间洒下点点金色的阳光,我若有所思地望着那棵枝繁叶茂的大榕树。

电话拨了过去。没人接?也许……再等等……还是没人接,哎呀,我暗暗责备自己:哪里来的勇气,竟然给特级教师薛法根拨打微信电话,他那么有名的人,怎么会随便接你的电话,你真是的……

算了,没人接,我就挂掉吧。

"你好,舒杨老师。"一个浑厚的男中音响起。

什么?舒杨老师?呀,我没有听错吧,薛老师!我只在大型观摩课后特意邀请他合过影,并没有多余的交流,他竟然记得我是舒杨老师,这……这叫人怎不感动?我变得结结巴巴:"您好,薛老师,哦,不,薛校长,您好。""不要客气,叫薛老师就好了,你有什么事吗?""好的,薛老师,是这样的,我今年通过申请,成为东莞市小学语文名师工作室主持人,上级单位让我们每个工作室配三名导师,实践导师、理论导师和教研员导师,请问……"我停了一下,鼓足勇气,"您愿意成为我的名师工作室的实践导师吗?"我感觉自己的脸颊在发烧,因为明显感觉自己底气不够。一个市级名师工作室主持人,又不是省级名师工作室,而且这个工作室只有15名学员,怎么好意思邀请全国知名的薛法根老师

上门记

担任导师呢,我会不会有点太贪心了?

"你能说说你的工作室的目标吗?"语气还是那么亲切。

"身为工作室主持人,是辛苦的,但也是有价值的,我愿意勤奋学习,培养更多优秀的小学语文老师。"也不知道怎么,望着窗外斑斑驳驳的阳光,这些话从我嘴里脱口而出。

"哈哈,好的,我答应你的邀请,成为你的工作室的导师之一。"

我听到屏幕那端他爽朗的笑声,想象着他的笑容,肯定是像波纹一样一层层漾开来,又像窗外那一阵微风拂过的大榕树,叶子在摇曳。

我不由得想起了第一次见到薛老师的情景——

那是2019年了,我读过薛老师的《现在开始上语文课》《为言语智能而教》,被他的课堂教学智慧深深折服,又在线上听过他的公开课,朴实耐咀嚼,仿佛《菜根谭》,越嚼越有味道。刚好看到清华附小举办"国际儿童阅读论坛",薛老师是特邀嘉宾,于是,我同一个年轻老师乘飞机抵达北京,直奔清华附小。

在清华附小的师生图书室,上完《宝葫芦的秘密》阅读课,薛老师迅速条分缕析地评课,观点鲜明,针对性强,令在场的老师深深佩服。

他一讲完,大家就都涌上来跟他攀谈。我赶紧瞅准一个机会,挤到前面,激动地说:"尊敬的薛老师,您好,我来自东莞,特意赶来看您,您……您能给我的书签名吗?"我有备而来,带着《为言语智能而教》。他虽然很累了,脸上带着疲惫,但仍然笑容可掬,像个小孩子:"可以的,可以的。"签完名后,我又带着歉意说:"能跟您合影吗?我们太高兴了!"他推推眼镜,笑着说:"怎么不可以，可以的。"合影后，我不舍地望着他，他似乎看出了我的心思，拿出手机说："可以加我的微信。"呀，你不知道发生了什么，听薛老师这样一说，在场参加学习的老师，100多个吧（图书室只容得下这么多），纷纷掏出了手机，一个接一个喜滋滋地扫码加"偶像"的微信。而薛老师呢，推推眼镜，笑眯眯地看着我们。

像四月的阳光，温和而不灼人——这是我对薛老师的第一印象。

几个月过去了，工作室迎来了第一次开班典礼，由于客观原因，薛老师不能来到现场，我又一次鼓起勇气邀请他拍摄一个迎新视频，给学员们讲讲话。"舒杨老师好，谢谢你的邀请，我会拍好给你的。"依然是轻描淡写，我几乎没有听出他的疲劳。其实我从他的助手那里得知，他作为集团化办学的总校长，事务繁忙，又是全国小学语文名师，要做新课标的解读分析；加之近年来身体抱恙，他推掉了很多大型邀请，但是对于我这小小工作室的邀请，他没有推辞。他用饱满的情绪，中气十足地祝贺工作室开班，鼓励学员们跟上新课标的步伐，做立德树人的好教师。

开班典礼获得盛赞，会后我在电话里忙不迭地汇报："薛老师，您好，这次有您的开班视频，大家非常激动，个个备受鼓舞，我们一定会记住您的谆谆教导，做立德树人的好教师。因为耽误了您的工作时间，我们工作室给您拍摄报酬，请收下！"

"舒杨老师，不需要这些，我既然答应做实践导师，这也是工作吧。祝贺开班成功，以后有机会去东莞，在你的工作室里相见。"依然是淡淡的，但很暖心，仿若四月的阳光。

人生中美好的事情

开着车，前面是红绿灯，就在你刚刚把脚踏在刹车上，车渐渐慢下来的时候，突然，前面的红灯倏然转了绿灯，你不用停车，只需要松开刹车，继续轻踩油门就过去了。哈哈，有种意外的惊喜。

下午，在办公室，你正在准备一份文案，突然，你想到一家不错的甜品店，手工制作，限量售卖，点开一看，你想要的马卡龙、提拉米苏还在，于是赶紧下单。没几分钟，送到了。甜品有好看的纸袋包装，打开后，用黑色小勺轻轻舀起一点提拉米苏，抿一口，含几秒钟，再慢慢咽下去，能感受到蛋糕和高品质奶油混合的润滑、香浓，又不甜腻；再品一口家乡的山顶毛尖，太惬意了，连打字都带着浪漫感，就像我现在码字的时刻。

看孩子们的临别赠言，其中很多孩子是写给舒杨老师的，开心。其中有个孩子写："老师，我们即将毕业，离开小学。我想我会越来越大，而您会越来越老的……"扑哧一笑，这本是句真话，但不知怎么，真话里透着一股幽默，让人发笑。

毕业前有次期终自测，校长鼓励我们好好复习，争取每个班都考好。我像打足气的皮球，天天带领孩子们复习，从五年级的知识到六年级的知识，好好地巩固了一遍。当他们累的时候，我就"打鸡血"式鼓劲，或给他们买来零食——满料大包、冰激凌、奶茶等，但复习的效果好不好，我心里没有底，尤其看到同级的老师也那么勤奋时。今天成绩出来了,优秀率依然年级第一,稳稳的"C位",开心!就像农民伯伯看着黄澄澄的稻谷一样,忍不住细细摩挲和品味。

上门记

理发师谈"教育"

明天是"五一"了,想着去朋友家的果园聚聚,十几人都花枝招展的,那么,今天我也捯饬捯饬自己,去理个发吧。

"老板,忙吗?"我也是多此一举,他明明戴着口罩,正在给一个中年男人剪发。

"唉,忙不忙,你自己看吧。"这老板,有气无力的,好像眼睛还没有完全睁开。也是,这是早上第一单生意,我是第二个到的吧,大家都太积极了。

"那好吧,我去买点东西,再过来。"我骑上小电驴,戴上头盔,一溜烟走了。

一个小时后,我采购好物品,回到理发店,他正在给客人洗头,我还以为就是刚才那位客人,客人走出来的时候,我才发现是个年轻男子。不到15分钟,老板就嚓嚓嚓地给他打理好了,小伙子刚刚还是乱七八糟的略长的头发,一转眼就变成个时髦的小寸头,显得精神极了。"多少钱?""30元,自己扫码。"这是个小理发店,十平方米的空间,老板自己洗头,自己理发或染发,家庭作坊式,生意还不错,因为手艺好又便宜。

轮到我了,要剪短大约一寸,能披还能低低扎起来的长度,老板心领神会;还要染发,所以需要大约一个半小时。老板和我有一搭没一搭地聊起天来。其实老板是我们学校之前一个很爱笑、

为人和气的清洁工阿姨的女婿，所以我们学校很多人都来这里理发。

"你儿子还好吧，在初中能适应吗？"老板的儿子刚从我们学校毕业，现在上初一。

"唉，还行吧！怎么说呢，读书也是要看天赋的，有人行，有人就不行。"老板感叹起来就会说个不停，这也难怪，因为他儿子在小学阶段发生过一件大事，跟学习有关，只不过我不好在这里重提罢了。

"是啊，读书嘛，跟画画、体育运动一样，既需要后天的努力，也需要先天的才能。如果要我去搞体育，怎么培养都不行，因为缺乏运动细胞……"我表示赞同。

"嘿嘿，老师，既然你跟我聊这个话题，那先从一个故事讲起吧——

"我们村子里有个学校，学校里没有多少孩子读书，总共七八十个吧。校长是个很严肃的人，成天板着脸，一双眼睛像鹰眼，盯着那些不听话的孩子。

"毕竟是乡村嘛，我们这些小孩子哪里爱读书，有个最调皮的叫阿连，校长有一次把他提到操场的台子上，气愤地说：'大家不要学习他，他学习成绩差，品质又坏，总是逃课，不是个好学生！听见了吗？'那个年代嘛，大人忙，孩子多，又是农村的学校，我们没有人觉得校长这样说不好，但放到现在，这么说就太不合适了。不过那个阿连估计也不怕，校长看他，他就低下头；校长不看他，他就对着我们挤眉弄眼。

"后来，他早早去外面混生活，也不知怎么，七转八转，挣到钱了，他回村第一件事就是给母校捐款，捐了不少，十几万吧，

上门记

在 21 世纪初,这不是一个小数字。还是那个校长,高兴得不行,又召开了一次全校大会,把阿连请到台上,张灯结彩,锣鼓喧天,让阿连发言。最后,校长红光满面地对着全校学生说:'阿连老板是我们学校培养出来的优秀人才,他不忘家乡,心系母校,是各位同学学习的榜样!'哈哈,老师,你不觉得好笑吗?"

听着理发师的开怀大笑,我也讪讪地笑了。

"跟你说另外一件事。"老板似笑非笑地叨叨,"现在大家不都说小孩要上好的初中、高中,这样离优秀人才又近了一步吗?"

我静静地坐着,听他讲述。

"有个家长带着儿子过来,儿子读本市最好的高中××中学嘛。"

"本市最好的高中,这不很好吗?"

"是吗?你们每个人都会这么说,这是个好学生。"理发师讲故事一般继续讲述,"但是我问他要剪什么发型,他说不知道,然后看着他妈妈,问他妈妈要剪什么发型。唉!老师你看,读高中的男孩,这么大的人了,竟然连个发型都不能自己决定,没有自己的思想,更没有自己的审美,这叫人才吗?"

我没有想过这样的问题,听得格外专注。

"另外我还遇到过熟人的儿子,他自己来到我这里,说要烫染,还把要做的发型图片给我看。他爸爸知道了,赶过来,不准儿子做。"他把声音提高了,"我拦住他爸爸,说,朋友,你这儿子是有出息的,他知道要做这样的发型,在家里就开始思考、设计,这样的孩子是有创造力的,不是个书呆子,要鼓励才是!否则,他没有审美,把自己搞得乱七八糟,难道好看吗?"

"审美"这个词第二次从他嘴里蹦出来,让我瞬间觉得他的形象高大了不少。一个小小的理发师,一间仅有十平方米的理发店,一次闲聊,真的让我茅塞顿开,豁然开朗。

　　确实,他丝毫没有意识到自己是在讲"教育与人才"的道理,但是正如庄子所说:道,无所不在啊,在蝼蚁,在稊稗,还在瓦甓和屎溺。

我的"好朋友"

堂妹思思过生日。她是幼儿园教师,长相甜美,身材微胖,才华出众,加之性格非常温和,乐于助人,所以人缘特别好。看她发在微信朋友圈的过生日的视频,一大群朋友围着她,主要是她在幼儿园的伙伴,一派其乐融融的景象。经常听到什么"心灵鸡汤"里说"办公室里无朋友,同事里面不深交",但是这些话在思思身上统统失效,她走到哪里,哪里的同事就是她的真闺密,这一点着实让我羡慕。她曾经不紧不慢地说:"有些人生怕别人比自己好,做什么PPT啊,或者一个评比活动的文案,都不会跟同事分享,我就不一样,做了都会和她们分享,甚至还会帮她们做好,不让她们担心……"

原来人缘好的秘诀是"无私",只是没有多少人真做得到。

记得十几年前,她来到我们城镇的幼儿园,第二年投票选优秀教师的时候,她全票通过,让最愁投票环节的我差点惊掉下巴,于是我忍不住问她为什么人缘那么好,她就轻描淡写地跟我说了这么几句。她还说:"做事不要怕吃亏,做多一些、做少一些不要计较,做事是死不了人的,所以多做一些没什么……"话糙理不糙,她就是这么一个踏实付出、低调平和的人,加之自身多才多艺,毛笔字、手工、绘画、舞蹈样样精通,哪有人缘不好的道理?

我一边看思思发出来的生日视频合集,一边跟女儿感叹:"你

看小姨,她的朋友真多啊,都对她那么好,羡慕。"随即,我又望着女儿,"你也是朋友多,走到哪里,朋友就在哪里,看你去伦敦留学,好多朋友;回到北京,又是天南海北的朋友,而且都很'铁'。"我幽幽地感叹,"不像我,太沉闷,太怕出错,活了四十几年都没几个朋友,唉!"

"你也有朋友啊!你也有好多朋友!"女儿斩钉截铁地说。

"哦?"我转头望着她,疑惑不解,"你是说家里的姐妹吗?"我们家族是个大家族,父母辈兄弟姐妹多,到我们这一代,大大小小几十个,每次回老家都有姐妹之间的大聚会,大家会挤在一起亲亲热热地说知心话,也算是朋友吧,所以我以为女儿是指她的大姨小姨们。

"欧阳修啊,苏轼啊,李白啊,陆游啊,鲁迅啊,哦,还有白先勇。"女儿不容置疑地说,"你不是还梦到过欧阳修吗?他不是你的朋友,谁是你的朋友?"

我忍不住哈哈大笑,是啊,他们确实都是我的"好朋友"。

"妈妈,你梦见欧阳修在做什么?"

"哈哈,他带着童子在划船,我们在一条船上,我在这头划,他的童子在那头划,他好像在夸赞湖光山色,和我一同品茶赏景。"我陷入了回忆。那是在云南支教的时候,我天天背古诗词,尤其是欧阳修先生的。日有所思,夜有所梦,这不,那晚就梦见了和欧阳修先生荡舟湖中,相谈甚欢,像男人那样交往,划船、看景色、喝茶……记得梦醒后我哈哈大笑,这个梦也就永远留在了记忆里。

"看来你真是个书呆子,妈妈。"女儿认真地说。

上门记

践行陶行知教育观——"即知即传"

　　陶行知教育思想的精髓可以概括为一个理论、三大原理、四种精神、五大主张。一个理论即生活教育理论，这是陶行知教育思想的名称。三大原理是：生活即教育，社会即学校，教学做合一。四种精神是："爱满天下"的大爱精神，"捧着一颗心来，不带半根草去"的奉献精神，"敢探未发明的新理，敢入未开化的边疆"的创造精神，"千教万教教人求真，千学万学学做真人"的求真精神。五大主张是：行是知之始，在劳力上劳心，以教人者教己，即知即传，六大解放。

　　回顾了一下陶行知的教育思想，现在就以他的生活教育观"即知即传"为例来谈谈。《海上日出》的第5段中有这样的文字："有时候天边有黑云，而且云片很厚，太阳出来，人眼还看不见。然而太阳在黑云里放射的光芒，透过黑云的重围，替黑云镶了一道发光的金边。后来太阳才慢慢地冲出重围，出现在天空，甚至把黑云也染成了紫色或者红色。这时候发亮的不仅是太阳、云和海水，连我自己也成了光亮的了。"

　　学习新知是要在原有知识的基础上，结合类似的场景或画面，开动思维机器，发挥想象链接，建构新知图索。这里运用到的思维能力有"回忆搜索""体验感知""联系类比""想象重组"等。学生都看到过"太阳""云朵"，肯定没有过多关注黑云背后的太阳是怎样出来的。别说黑云,连白云背后的太阳怎么出来也没怎么关注,没有景象体验,因此,理解这段文字有难度。尤其是"镶了一道发光的金边",这样的形象怎么去建构呢?难不成是衣服上面镶了一道花边?不发光啊!总之,这样的新知对于四年级的小孩子太抽象、太难以琢磨了。

但是,今天去上早读课,抬头一看,天空一大团一大团的黑云,黑云背后的太阳就是出不来,好像被顽皮的黑孩子挡住了似的。果真,黑云的周围被镶了一道发光的金边,只不过随太阳位置的变化,金边的发光也有明有暗。走进教室,我让学生把《海上日出》的第5段读一遍,然后神秘地笑笑,宣布:"来吧,让我们走出校园,抬头去看看天空吧!"

"哇!"大家来到走廊,抬头一看,"黑云——背后的太阳——金光闪闪的云边!"我让大家赶紧翻开课本,一边看看天空的景象,一边朗读这一段。神奇的一幕发生了,读着读着,太阳仿佛读懂了孩子们的心,突然从黑云里出来了,先是露出小半边脸,不到三分钟,完全摆脱了黑云的控制,出来了,光芒万丈,让人睁不开眼睛,同学们欢呼起来,读书声更大了——

"后来太阳才慢慢地冲出重围,出现在天空,甚至把黑云也染成了紫色或者红色。这时候发亮的不仅是太阳、云和'学校',连我自己也成了光亮的了。"

即知即学——如果一定要严格遵守课时规则,等到下课后再带学生来欣赏,恐怕黑云不是那个黑云,太阳也不是那个太阳了。所谓"即知即传",生活就是教育的一部分啊!